JN105124
空の少女
—美娼女学園1—
著 望月JET
画 やまかぜ嵐
原作 Argonauts
Paradigm
ぷちぱら文庫

天宮《あまみや》 芽衣子《めいこ》

聖エミリア女学院三年生。クズのような両親から借金返済のためと懇願され愛人になることを了承した。男なら思わず目を引き寄せられるドスケベボディの持ち主だが、性に奥手で純真そのもの。自分の意志を持たず、流されるまま生きてきた、いわゆる「空っぽ」な少女。

智哉《ともや》

学院の裏稼業で愛人候補の少女たちに性を仕込む役割を持つ、唯一の男。ふだんはシスター依子として正体を隠している。一年以上前の記憶がなく、淡々と日々を過ごしていた。

シスター九津見《くつみ》
理事長に次ぐ地位で、裏稼業を実質的に仕切っている。ふだんは温和で清楚なシスターを演じているが、裏では悪辣で強欲な危険人物。
愛美璃《えみり》
学院の生徒だが、智哉の世話役を命じられ、一緒に暮らしている。聖女のように美しく清らかで、智哉とは身体の関係を持っていない。

プロローグ　聖と性の女学院

――いつからか、頭の中に靄が掛かったみたいに真っ白になることがある。

ここ一年くらいの記憶はあるのだが、それ以前が全くない。

気がつくと白と黒色の修道服を着て、この女学院内を歩いている。なぜここにいるのか、今まで何をしていたのか全く思い出せないまま、頭に靄だけが掛かる。

眠りに就くとき、不安になることがある。

次、目覚めたときに、僕は何かとても大切なことを忘れているんじゃないかって。


「ああ……いいわ、あんたのオチンポは本当に……あぁあ、はぁっ、いいぃ……」

智哉《ともや》はただ無機質に腰を突き動かして、滑《ぬめ》った秘部の感触を確かめた。

気持ち良くないわけではないが、自分に跨がっている相手……シスター久津見《くつみ》に対し、気持ち良いとは素直に言えないでいた。勝手に何か喋ると何をされるか分からないからだ。

いつからか思い出せないが、この性に貪欲な女には逆らえない。

貪欲なのはセックスだけではない。権力、金、支配、ありとあらゆる人間の欲望に凄まじいほどの執着を持っている。

普段は神に仕える身なのだが。

お互い修道服を着たままセックスをしているので、なんだか倒錯してしまう、と智哉はいつも思う。

「あんたは本当に役に立たないねぇ。はぁっあっ……ん、この、オチンポで女を鳴かす事くらいしか、役に立たない……ああ、もうだめ、イク……」

久津見のヴァギナがいっそう締まる。中に埋没されたペニスが痛いほど締め付けられた。腰をクイクイと動かすと、久津見は堪らないといった様子で美尻を振った。

「ああん！　だめよそれ……ああ、もうイク、イクから……！　あんたも一緒に……外すんじゃないよ……！」

「はい」

ようやく射精の許しが出た。智哉は、静かに呼吸をして、久津見の細い腰を掴むことすら許されない両手を握った。

赤い秘肉がねじれるように亀頭と雁首《かりくび》を擦る。シスター久津見もアクメを迎えたのだ。それとほぼ同時に智哉は喉を鳴らしてエクスタシーを迎えた。

「あっあぁ、はぁあああぁ……！」

シスター久津見の涎が滴り落ちている唇から、艶《なま》めかしい嬌声が漏れた。

肩で息をして、やがてシスター久津見は智哉から下りた。脚を広げた際、自分の膣に深く突き刺さっていた智哉のペニスのゴムを抜き取る。

「フン、こんなに出して汚らしい……溜まっていたのかい？」

ゴムの中には今しがた出したばかりの精液がたっぷりと入っていた。智哉はそれを恥ず

かしいとも思わず、ぼんやりと見つめた。

久津見はゴムの口を縛ると、どこからか黒い猫がやって来て、精液が入っているゴムを咥えてどこかへ走り去っていった。

いつものことだが、未だにあの黒猫の名前は知らない。いつも久津見の側にいて命令で動くたびに、智哉について回った。まるで智哉を監視しているかのように。

「まぁいいわ。次に出荷する女子学生が決まったから、今から説明する。いつものようにあんたが、愛人として恥ずかしくないようしっかり仕込むんだよ」

「はい」

ペニスを拭き終えた智哉は乱れている修道服を直し、久津見の前に座り直した。

「名前は天宮《あまみや》芽衣子《めいこ》、三年生」

智哉の前に写真を出す。

写真の中の少女は、あらゆる物事に対して自信がないのか、上目使いで不安そうに、儚《はかな》げにこちらを見ていた。

顔は幼く擦れていない感じがする。だが身体はそうではなかった。

「その写真でも分かるでしょ？　まったくけしからんボディの持ち主なのよ」

はち切れんばかりの双方の膨らみが何よりも主張していた。腰のくびれも尻の形良いさも魅惑的だ。これで男を知らないとは、確かに罪深い。智哉は頷いた。

「顔もずいぶん可愛らしいわね。色も白くて、女の私でも吸いつきたくなるような、ぽてっとしたエロい唇をしている。けど、そうやって造形は極上なのに、顔つきはいつも困っているような、雨に打たれた子犬みたいな顔しているのよねぇ……堪らないわ」

久津見はいやらしい笑みを浮かべた。

「男としては、もうすぐにでも、チンポでメチャクチャにしてやりたいような、そんな女の子でしょう？　ふふ、当然、連中も色めきだったわよ」

久津見の言う連中とは、この聖エミリア女学院の裏の顔と繋がっている『顧客』のことである。

「あれよあれよと値段が吊り上がって、史上最高値がついたわ。まったく、どうしようもないスケベな金持ちばかりねぇ」

そうは言われても智哉は目を伏せるだけだ。下手に答えても、久津見の機嫌を損ねるだけである。

「さて……その芽衣子チャンについてのあんたへの指示だけど、中出しされて泣いて喜ぶ、エロエロな女の子に開発してあげなさい」

「分かりました」

「あと、言うまでもないけど、ひと通りのプレイもきっちり仕込むのよ。放課後、教会堂で待っているよう伝えてあるわ。早速始めなさい……智哉、じゃなくてシスター依子《よりこ》」

整ったシスター姿の智哉を見て意地悪く言う久津見に、無言で頷いた。


久津見の書斎を出て外の空気を吸う。何度も訪れているはずなのにあの部屋は慣れないと智哉は思う。

空気が澱んでいて重いのだ。異臭がしていることもある。それがいったいなんなのかは分からない。尋ねてみようにも、自分に対してまともに答えてはくれないだろう。

智哉はちりひとつ落ちていない院内の渡り廊下を歩く。

時折すれ違う女子学生たちが「シスター依子様、ごきげんよう」と静かに挨拶をして通り過ぎる。

音楽室から彼女たちが歌う賛美歌が聞こえる。

こうして上辺《うわべ》だけ見れば、神に仕え規律に厳しい全寮制聖エミリア女学院は、噂に違《たが》わぬ美しく清い名門校だ。

富裕層の娘も、貧困層の娘も分け隔てなく入学できる。昔は身寄りのない娘を引き取り、ここで衣食住を与え学びを教えていたこともあった。

だがそれも、この学院の裏の稼業『売春組織』があるおかげで成り立っている。

訳ありになった女子学生を金持ちたちに売っているのだ。

訳ありの理由は様々だ。

学院の催事で娘を見て気に入り、売れという金持ちや、何度も規律を破る娘、学業が嫌になって自ら志願する娘、など。売られることに理解を示す娘もいれば納得がいかないまま『出荷』される娘もいた。

それら全て年老いた理事長と先ほどの副理事であるシスター久津見が取り仕切っていて、智哉と同じように修道服姿の女性教師たちも仲間《グル》である。

この事実を知らないのは、訳ありにならないまま卒業していく学生たちだけだ。

出荷された娘のほとんどは、その場所で暮らしていくという。

二度と会うことはないので、真実は定かではないが、智哉にはそれが十分彼女たちにとって幸せなことではないか、と思う。

金持ちに買われれば一生安泰だ。

例えそれがセックスするだけの愛人という立場でも、悪いようにはしないだろう。本人が割り切れたらどうと言うことはない。むしろ天国かも知れない。

一度、誰かが出荷先から脱走した、ということを聞いたような気もするが、自分には一年前の記憶がなく昨日のことすらも曖昧なので、信じてはいなかった。

どうでもいいことだが……と智哉は冷淡に思う。

重たいスカートの裾をさばくように歩く。自分がいつからここにいて、なぜ女装しているのか、解決されない疑問は浮かんではすぐに消えていく。

智哉は考えるのをやめて、次に出荷する予定の少女に思考を向けた。

写真を見る限り、大人しくまじめそうだ。門限ギリギリまで友達と街へ出かけて遊んでくるようなタイプではない。

ここは神聖な女学院。異性と付き合うどころか、まともに話すらしたことがない女子学生はいるが、その中でも際だって奥手のように見えた。

自分がきちんとレッスンをしなくてはならない。出荷先で不遜があると返品される。それは自分の力不足ということになり、理事長や久津見に叱られ何をされるかわかったものではなかった。

智哉は軽く深呼吸をする。

何も疑問に思わず、ただ質のいい、買い取った相手が満足する少女に仕上げることだけを全《まっと》うしよう、そう思うのだった。

第一章　空っぽの少女

美しいステンドグラスが施された窓から茜色が差す教会堂に、天宮芽衣子はいた。固く目を瞑《つむ》り一心に祈りを捧げている。

（どうか神様、これから私がする行いをお許しください。無事に終わるまで見守っていてください）

芽衣子の脳裏に先週会った両親の姿が過《よ》ぎる。

「頼むよ、芽衣子」

「お前しか頼れる者がいないんだよ。家族じゃないか」

二人は、なんだかとても汗の臭いがして不快だった。

何日も風呂に入っていないのだろうか。服も、洗濯していないのだろうか。

幼い頃から定職に就かず、特に父親はギャンブル好きでよく借金を抱えていた。最初の頃は働いていた母親も、同じようにギャンブルに手を出してからは、家はすさんでいく一方で、よくここに入学できたなと思う。

（きっと借金をしながらも、私の学費は貯めていてくれたのだわ。お姉ちゃんのときは、そ

うじゃなかったけど……)

だから親が揃って芽衣子に頼み事をしてきたときは、単純に助けなければ、と思った。

助ける条件を聞くまでは。

(愛人……私が誰かの愛人になることが条件……高いお金と引き替えに……)

そんな、金持ちと学生を結ぶ仲介みたいなことをこの学院はしていたのか。詳細は分からないが、とてもショックを受けた。

祈りを捧げる芽衣子の額に、嫌な汗が滲む。本当はどうしたかったのだろう、どうすればよかったのだろうと、あの日からずっと自問している。

「天宮芽衣子さん?」

不意の声に身体を強ばらせる。振り返ると、穏やかな笑みを浮かべたシスター依子が立っていた。

「は、はい。天宮……です」

芽衣子は驚きとともに、緊張した。

(どうしてここにシスター依子様が？)

芽衣子は捨てられた子犬のような目をシスター依子に向けた。目の前に立っている人物が嘘であって欲しい、と願うように。

だがそんな芽衣子の気持ちなどわかる由《よし》もないシスター依子……智哉は、改めてそんな芽衣子の姿を見た。

久津見が言っていた通り、幼い顔つきの割に体型は大人だ。大きく主張するように前に突き出ている胸は、いつも淡々とレッスンを行う智哉ですら興奮を覚えてくる。ぽってりとした桜色の唇も、何かに怯えるような不安げな瞳も嗜虐心《しぎゃくしん》を刺激した。

「シスター久津見からお話は聞いてますね？」

「は……はい」

「それでは参りましょう」

芽衣子は泣きそうになるのを堪えた。信じたくない現実が押し寄せてくる。今ここにシスター依子が現れて、自分をどこかに案内しようとしている。ということは、彼女もわかっているのだ。そして彼女も、仲間なのだ。

(私が、どこかに売られてしまうことをシスター依子は知っている……そのこともショッ

クだけれど、ずっと憧れていた人に、汚らわしくなる私を知られてしまった)

あまりの恥ずかしさに芽衣子はこの場から消えてしまいたかった。

芽衣子の両親がこの学院にやって来たとき、芽衣子はシスター久津見の部屋に呼ばれた。

「知ってる？　芽衣子チャン。この学院にはね、学生も学生の親や親戚も、本当に困ったときに相談できる場所があるのよ」

いつもの凛として戒律に厳しい久津見の口調ではなかった。

「ここよ、ここ。ここにね、先ほど芽衣子チャンのご両親がやって来てね、お金が欲しいって相談を持ちかけてきたの」

「え、え？」

なぜここに両親が来て、そんなお願いをしたのか理解できなかった。

「それでね、前々からあんたのことを気に入ってくれているある金持ちがいてね、高値で買いたいって言ってるのよ」

「かっ買う？　何を、ですか？」

「あんたよ」

芽衣子の全身が固まった。

目の前の久津見はいったい何を言っているのだろう。ここは神聖な場所で、みんな祈りを捧げる場所で、みんな学問に励んで……。

「あんたは金持ちの所に出荷されて、今後の生活を保証される。で、あんたを売った金は困っている両親の手に入る。一石二鳥じゃない？」

久津見が芽衣子の肩を抱いた。

「覚えておいて、芽衣子チャン。この学院のもうひとつの顔を知ったからには、あんたに断る選択肢はないから」

血の気が引いた。

この学院のよからぬ噂は芽衣子も耳にしたことがあった。

それは、美人な学生や規律をよく破る学生が、ある日忽然と寮からいなくなる、というものだった。

実際、芽衣子の知り合いがいなくなったりしたわけではないが、まるで古くから伝わる怖い話のように一部では未だに語り継がれている。

たぶん昔、誰かが学院から脱走して戻らなかったことがあって、それに尾ひれが付いているだけだと、同じ部屋の友達は言っていたが、芽衣子は、そもそも脱走する理由が分からないので考えるのを止めた。

まさか、このことだったのか、そう思うと、芽衣子の身体はいっそう震えた。

その後、芽衣子は慌てて両親に連絡を取り、この学院の中庭で会った。そして事の詳細を尋ねた。

両親はただただ、金の無心だけをしてきた。本当に困っている、あたしたち殺されちゃう、そんなことばかり繰り返し、最後には「頼むから金持ちに売られてくれよ」と突き放すように言われたのだった。

（そんな、この学院の裏の顔に、シスター依子様も関わっていただなんて）

だが学院の裏の顔を知ってしまった以上、シスター依子を恨んでも軽蔑しても始まらない。自分には、金持ちに買われるという選択以外ないのだから。

芽衣子はなんとか涙をこぼさぬよう必死に耐え、後をついていった。

解告室を抜けると小さな扉がありさらに奥へと歩いて行く。やがて古い煉瓦がむき出しの通路に出て、行き止まりになった。

芽衣子は見たこともない学院の内部である。

行き止まりの手前に地下へと続く階段がある。智哉はそこを降りていった。

やがて大きな両開きの扉が出てきた。智哉は修道服のポケットから鍵を取り出して扉を開けた。

中は十二畳ほどの広い洋間だ。ソファとテーブルだけなら普通の居間に見えるが、他にダブルベッド、奇妙な形をした椅子、全面硝子張りの浴室とトイレがあった。

（誰かの部屋？　応接間かしら……でもベッドがあるわ。いったい何をする部屋なのだろう？）

「きゃっ……？」

部屋を見渡していた芽衣子が小さな悲鳴を上げた。黒猫である。いつの間にこの部屋にいたのかベッドから降りて、まるで品定めでもするかのように芽衣子を見上げた。

「大丈夫です。この猫はシスター久津見が飼われていて、特に暴れたりしません。よくここで見学をしているのですよ」

「そ、そうなのですね。すみません……ちょっとびっくりして」

黒猫はひと声鳴くと、部屋にある椅子の上に飛び乗り、背中を丸めた。

一見何の特徴もない黒猫だが、芽衣子は何かしら嫌な雰囲気を感じ取ったのだった。

「では、こちらに座ってください。これからのことを説明します」

智哉が促したのは今まで猫が座っていたベッドの端だった。おそるおそる座る。

「これから芽衣子さんは、出荷されるまでの間、ここでレッスンを受けてもらいます」

「レッスン……と、言いますと？」

「簡単に言うと、セックスに慣れていただく、ということです」

「え、せ……」

途端、芽衣子の顔が紅潮した。教科書でしか読んだことのない単語に焦る。

セックス……異性との性交のことだと一生懸命自分の中で繰り返す。

芽衣子はこれまでに付き合ったことのある異性はいないので、当然のことながら処女である。それ以前に手を繋ぐなどの軽いスキンシップさえも経験はなかった。

芽衣子は自分の心臓がドキドキと早鐘のように脈打つ感覚に動揺して、俯いてしまう。

特にこの学院に在籍する学生たちのほとんどは、そういった奥手の娘が多い。智哉は芽衣子の反応を見て、これまでと同じだと思うのだった。

「あなたを買った相手は、あなたを愛人として受け入れる、もしくは結婚をするつもりで身請けします。そのためには、あなたにある程度相手の性癖を理解してもらう必要があります。ここで慣れて、いつ出荷しても恥ずかしくないようにしておきましょう」

顧客の中には、何も知らない処女のほうが調教しがいがある、などという者もいるが、今回は違う。きっちり開発してからの出荷だ。

膣の中に中出しをされて喜ぶように仕込むのが目的である。

「あの、でも、それ……誰が……？　誰が、レッスンをするのですか？」

「わたくしです」

「え、でも」

芽衣子はキョトンとして、隣に座った智哉を見つめた。

「ああ、ご心配なく。わたくし……僕は、男です」

芽衣子の大きな瞳がますます大きく見開かれる。

智哉は修道服のフードを取って見せた。薄茶色のショートカットに長めの前髪。その下にある端正な顔つき。

フードを取って見ても、芽衣子にはとてもではないが男には見えなかった。凜々《りり》しい顔をした女性、いつもの、美しい憧れのシスター依子である。

しかし言われてみれば体つきは細く、背はスラリと高い。歩く姿は颯爽だが、言い方を変えれば男のように大股歩きだ。

それがまた他のシスターたちとは違い格好良く見えて、芽衣子以外にも智哉のファンは多い。

答えを聞いた今、どこか中性的な魅力を感じていたのかも知れない、と芽衣子は思った。

だがなぜ女装をしているのか、と素朴な疑問が浮かぶ。

「だ、男性……には見えないのですが、そう、なのですね。でも、どうして？」

「女性ばかりの女学院ですから。ここで働くには、そうする他なかったようです」

智哉は自身も明確にわかっていないため、どこか人ごとのように答えた。

「ですので、ここでレッスンを受ける間、僕のことを恋人だと思ってくださいね」

「っ！」

（憧れのシスターが、実は男性で、ここでは恋人同士だなんて……！）

芽衣子はただただ顔を赤くして俯く。異性経験はないのは誰が見ても明らかである。

俗世を離れたこの場所で、何人もの少女が清いままレッスンを受け売られていく。顧客にとってここから出荷される少女は、全てに満足がいく自分だけの淫らな天使だ、と大いに喜ばれ、評判も高かった。

無論、処女のまま、何も仕込まないで欲しいと依頼された場合は、智哉は一切関わらない。久津見らが勝手に出荷日を決めて、知らない間に少女は学院からいなくなる。

「芽衣子さん。恋人の男子と女子は、何をすると思いますか？」

「えっ？　えっと……手を繋ぐ？」

智哉が手を差し出すと、芽衣子はおずおずと手を繋いできた。白く吸いつくような柔らかい手である。

「それから？」

「そ、それから……一緒にどこかへ遊びに行ったり、食事をしたり……それから」

智哉に手を優しく握られ、芽衣子は言葉に詰まる。

「セックス、ですよね」

芽衣子は耳まで赤くした。シスター依子が男と判明しても、まだ信じられないままだ。

「今日はまずは、キスをしましょう」

智哉が腰に手を添えると、芽衣子は身体を強ばらせた。

「大丈夫、ゆっくり深呼吸をして、僕に身体を預けてください」

そう言われるが、芽衣子はどうすればいいのか分からず、固くなったまま身を寄せた。

「お互いの距離が離れていると相手の不興を買います。なるべく近くにいて、このように、相手がおいでと言えば、手を取って身を寄せるようにしてください」

「は、はい……」

「また、怯えや嫌だと思う気持ちは絶対に態度に表さないようにしてください。嫌がるのが好きだという嗜好を持つ相手の場合は、そのようにレッスンしますから」

「は、はい」

「目を閉じて」

「は、はい……んっ」

緊張で全身が固まっている芽衣子の唇を、そっと塞いだ。淡いいちご色をした唇は見た目以上に柔らかな感触で、これは買った相手が喜ぶだろうと、智哉は思った。

「んっ……んん、ちゅっ…、んンッ」

啄《ついば》むようにして唇を尖らせて、そっと離す。

「はぁ……」

初めてのキスは、緊張していたせいか何も感じず、息苦しいだけだった。

(キスってこんなに苦しいの？)

恥ずかしいのと緊張で頭の中がグラグラと揺れる。瞳に涙も滲んでしまう。それを見た智哉はもう一度優しく手を握った。

「せっかくの初めてがこういう形で残念かもしれませんが、でもこれが、身体を売るということですから」

智哉に面と向かって言われるが、どこか芽衣子にはまだ現実を帯びていない。

だが、親が助けを求めてきたのは事実としてある。

(そ、そうだ、私は売られるんだ。お金のために身体を売るんだ。愛人のところへ……だから我慢しなくちゃ)

「ではもう一度」

芽衣子は顔を上げて、目を瞑った。

智哉の唇が重なっていく。

「ん……んっ……ちゅ、んん……」

一度目は緊張のあまり辛さしかなかったが、二度目はそうではない。

智哉の唇がまるで慰めるように優しく重ねられたからだ。少し力も抜けたのか、角度を変えて唇を重ねられても息苦しいとは思わなかった。

(初めてのキスを、シスター依子様と……だからかしら、今はなんだか嫌な気分じゃない)

智哉は目を開けてそんな芽衣子の反応を見ていた。

当然だが、人によってはかなりの拒否を示す子もいて、そういう場合は調教もなかなか進まず苦労をする。キスひとつするにも何日も掛かってしまう場合もあった。

だが、こうしてキスを繰り返しても芽衣子は、初めての緊張だけで、さほど拒絶反応もないようだ。

「少し、口元から力を抜いてもらえますか？　ぎゅっとしていると、しにくくて」

「ふぁっ、は、はい。ごめんなさい」

「謝ることはないですよ」

智哉の言葉が、いつものシスター依子の言い方と重なり、芽衣子はますます肩の力を解いていく。

わずかに弛緩した唇を、智哉の唇がくすぐるようにして重ねられる。

「あ……ん、んん、ちゅ、ちゅ……ん……」

智哉のリードに従いながらキスを繰り返すと、芽衣子に初めての感覚が生まれた。

（なんだろう、キスされて……お腹の辺りがソワソワしちゃう。でもおしっこが出る感じじゃなくて……あ、背中もぷるぷるって震えちゃう）

「はぁ、はぁんっ……ちゅ、ちゅぷ、ちゅぷ……ちゅ……んん」

芽衣子はまだはっきりと自覚はないが、智哉とのキスに心地良ささえ感じていた。凝り固まっていた身体は徐々にだらりと力が抜けて、無意識に素直にリードに従っている。

智哉もキスを繰り返しながら芽衣子の様子を窺い、確信する。芽衣子に嫌悪の様子はなく拒絶的ではない、それどころか初めてなのに感じている、唇が性感帯なのかも、と。

いつからこの仕事をしているのか智哉自身覚えがないが、長年の勘のように少女の反応ひとつでどういうタイプなのかがわかった。

芽衣子のぽってりとした誘うような唇は、智哉の唇に覆い被され舐《ねぶ》られていく。

シスター久津見が言うように、芽衣子の肉厚な唇はキスのしがいがあった。それに、この唇に男根を咥えられたらどんなに気持ち良いか、といやらしい想像も容易《たやす》くできた。それほど、芽衣子の唇は本人の自覚なしに魅惑的だった。

（私の唇が熱い。身体もなんだか高揚してるみたい……これもキスのせい？）

「はぁ、んっ、んっんんっ……ちゅ、はむ……ちゅぷ、んんんっ」

じっくり芽衣子の唇を舐って、智哉はようやく顔を離した。途端、芽衣子は忘れていたかのように息を吸い込んだ。

キスの後の抵抗はない。ショックで泣きわめくわけでもない。今回の調教は、わりあいスムーズに進みそうである。

キス後、ボンヤリとしていた芽衣子の、目の焦点が合ってきた。

「今日はこれくらいにしておきましょう。続きはまた明日に」

「は、はい……お願いします……」


教会堂の外に出ると日はすっかり暮れ、他の学生の姿もなかった。

足下がおぼつかない芽衣子の身体を、支えるようにして歩く。

「ご、ごめんなさい」

「わたくしは構いませんから。このまま寮まで送りましょうか?」

「いえあの……あ、はい」

芽衣子は困ったような顔で、どちらとも取れる返事をした。はっきりした意思表示は苦手のようだ。

月明かりの下の智哉を見る。

「何か?」

「あの、そうしてフードを被ると、やっぱりシスター依子様にしか見えないなと思って」

「まぁ普段はその人物ですからね」

芽衣子は、智哉が未だに男だとは信じていないようだ。だがそれもじきに嫌でも信じるときがくるだろう。

「おそらく一人でも男がいないと大変なんだと思います。案外力仕事はあるし、裏の稼業のこともあるので」

芽衣子は答えず俯いた。裏の稼業とは、今自分が体験していることである。

男手が必要なほど何か困った事態になったりするのだろうか、そう思うとやはり不安は拭えない。

やがて寮の入り口が見えてきた。

「それではわたくしはここで。ごきげんよう」

「は、はい、ありがとうございました。ごきげんよう……」

芽衣子はすぐに寮に入らず、敷地内にある池のベンチに座った。まだ顔が火照っているように思う。キスしかしていないのに、と思う。

（あの人、いったいどういう人なんだろう？　前からシスターのふりをしていたなんて。さっきみたいなことをするために、ずっとこの学院にいるの？　そんなことって、あり得るのかな？）

ふと、自分の唇に触れてみる。まだ智哉のキスの感触が残っている気がした。

（キスしちゃったんだよね、本当に……恋人でもない人と……でも、どこかのオジサンの

愛人になるなら、キス以上のことにも耐えて、受け入れないといけないいんだよね）
「……がんばろう。お父さんと、お母さんのために」

東の空に、満月がかかる。智哉は教会堂に戻り二階へと続く簡素な木製の階段を上る。

上階は居住スペースになっていて、未就学の女児を受け入れる場合、ここで暮らすのだが、今は全て空き部屋になっていた。

その一室からいい匂いが漂ってくる。

ドアを開けるとメイド服を着た少女が現れた。

「お疲れ様」

昨年の今頃、突然、久津見によって連れてこられた少女だ。

彼女と同居せよという命令だった。

名前を愛美璃《えみり》といって、普段はここの学生として勉学に励み、夜や休日は智哉の世話をする。

世話といっても食事や掃除程度で、身体を重ねるわけではない。添い寝はしてくれるが性的なことはなかった。

智哉は愛美璃と一緒にいるだけで、なんとなく心の中のことが話せて落ち着けるのだ。

席に着くと愛美璃が温かい食事を運んでくれた。

「また女の子のレッスンが始まったの？」

智哉は頷く。

「そう。可愛い子？」

「そうだね」

「私よりも？」

「……どう答えるのが正解？」

愛美璃がクスクスと面白そうに笑う。

「天宮芽衣子さんという人なんだけど、知ってる？」

「あ、知ってる。美化委員で一緒だから……へぇ、彼女が……何か事情があるのかしら」

「さぁ……今回は親に頼まれて、芽衣子さん本人が承諾したという感じだけど」

事情があるなしに関わらず智哉はレッスンを続けるだけだが、愛美璃の知っている少女は普段からも自分の意思がないようだ。

今日会っただけでも、智哉にもそれがわかった。

「空っぽみたいだったな」

「え？」

「いや、なんでもない。まぁ、いつも通りレッスンして出荷するだけだよ」

「そうね……」

愛美璃は少し寂しそうに微笑んだ。

◆◆

翌日、智哉が学院内を掃除していると、久津見と、車椅子に乗った老女が現れた。

老女はこの学院の理事長である。

「今回の子は、うまくいってるのかい」

嗄《しわが》れた声で問われ、智哉は深々とお辞儀をした。

「はい、滞りなく進んでいます」

久津見が言う。

「やっぱりね、時々あんたを見る目が他と違っていたもの。あの子、最初から好意があったんじゃない？」

そう言われても智哉には分からない。好意というのはどういったことを指すのか。

「あんたの正体がわかって驚いてた？」

「はい、まだあまり実感が湧いていないようでしたが」

「実感ねぇ……じゃ、さっさと分からせてあげなさいな。あんたの、ここで」

九津見は、智哉の陰部を修道服の上から握った。


夕方になった。芽衣子は言われた通り今日も教会堂の地下にいた。

「それではキスのレッスンからはじめますね」

「は、はい」

智哉は芽衣子の手をそっと握った。

「わたくしのこと、以前から見ていたんですか？」

不意に囁かれ、芽衣子の身体は強ばった。今朝、久津見から聞いた話である。

「あっあの、私は……」

（シスター依子様に憧れていたなんて、こんな状況になった今は言えない）

そう思い、芽衣子は唇を噛んで押し黙った。

「べつに構いませんよ」

「ごめん、なさい、見ていたのは……あの……本当です。でも、私」

「構いません」

智哉はそう言うと、そっとキスをした。

「んっ……！　んんっ……」

芽衣子の身体はすぐに力が抜けて、リラックスした状態になった。

「ん……んちゅ……ちゅむ……んふ……」

唇で、優しくくすぐって、舌先も使って愛撫する。芽衣子は昨日よりも智哉に従う。

丹念な愛撫を続けると、やがて芽衣子の唇は開き気味になってきた。

（どうしよう、また身体がソワソワしてきて……この感じって、何？　嫌じゃないけどすごく恥ずかしい気持ちになってしまう）

執拗に唇を舐られて、芽衣子は無意識に熱い吐息を漏らしてしまう。

「んん、はぁ……はぁ……あ……ちゅむ、ちゅっ、うんんっ」

（いやだ、はしたない）

そう思うが、智哉のリードに従ってしまう。自分でも驚くくらいいやらしい吐息が漏れてしまう。

(こんな甘ったるいような声、私出せたんだ？ 知らなかった……)

昨日の息苦しさが今日は心地良く感じる。

智哉の舌が芽衣子の下唇を舐め、わずかに開いた唇の隙間に入った。

「んっ……！」

驚いた芽衣子は咄嗟《とっさ》に唇を閉じてしまう。

「ごっごめんなさい」

「大丈夫です。こうして、舌を絡めたりするキスもあるのですよ。今度は芽衣子さんのほうからしてみてください」

「し、舌を……？ は、はい、わかりました」

芽衣子はおずおずと智哉の唇に自分の唇を重ね、やがて赤い舌先を出した。

智哉が今自分の唇にやっていたことを思い返し、まねてチロチロと舐めはじめる。唇を這うようにして舌先で啄み舐めると、また身体がソワソワとして震えた。

「ん、ちゅ、ちゅぷ……んん……」

(自分からするなんて。何か悪いことをしている気分……でも)

「気持ちいいですよ」

「き、気持ちいいですか？　ぺろ……れろ……んちゅ、ちゅ」

褒められたようで、芽衣子は少し嬉しくなった。消極的だったがだんだんと大胆に舌を使って舐めてくる。

「ちゅぴ、ちゅぷ、ぺろぺろ……ちゅぷ、んっ」

智哉は頃合いを見計らって自分の舌を出し、芽衣子の舌と絡めた。

「んっ……？　あ、はぁ……あ、んンちゅっ、はぁ、れろ、ぺろ、ちゅく」

（ああ、うそ。舌と舌が……絡まってる）

驚いて身体を後ろに引く芽衣子の頭を、やんわりと押さえて行為を続ける。芽衣子はつい舌先を引っ込めたが、智哉は優しくキスをして舌を誘い出す。

「はぁ……あ、あん……ちゅぷ、ちゅぷ……はぁ、はぁ、ん、れろれろ、ちゅぴ……」

芽衣子は気がつくと、自分からも舌を絡めていた。

（ああ、信じられない、こんないやらしいキス……シスター依子様の舌が、ぺろぺろしてくる……私、気持ち良くなってる）

芽衣子はモジモジと下半身を動かす。明らかに興奮していた。

（これってやっぱり、濡れてる……）

自分の下着が膣からの体液で濡れている、そう確信する。戸惑いと恥ずかしさで芽衣子はどうにかなりそうだったが、智哉のキスはまだ終わらない。

濃厚に互いの舌を絡め合い、唾液が滴り落ちた。

「あぁ、はぁ、はぁ……くちゅ、ぴちゃ、れろぉ、んんっはぁ、ちゅぷ、ちゅぷ……」

(こんなのダメなのに。感じたりしちゃダメなのに……神様に叱られる……)

「はぁ、ん……ちゅぷ、ちゅっ……」

芽衣子の瞳は潤み、顔もすっかり上気して、ようやく智哉の唇が離れた。

「今日はもう少しレッスンしてみましょう」

智哉はそう言うと、今のキスで惚けている芽衣子の前に立った。

「芽衣子さん、あなたはまだ僕のことをシスター依子だと思っていませんか?」

「え、え? あ……そ、それは、はい……」

芽衣子は正直に答えた。今自分とキスをしたのは憧れのシスター依子様だと思っているところがある。だから、いやらしいキスをしても嫌悪も何もないのだと。

「それで抵抗感も薄いのかもしれませんが、そろそろ僕が男であると認識してもらったほうがいいですね。胸を出しましょう」

「え?」

「胸を出してください。男は、女の子のおっぱいで欲情するのです」

「そ、そんな……? は、恥ずかしい……です」

「愛人相手だと恥ずかしい、は通用しませんよ?」

「で、でも」

「芽衣子さん、あなたは全て了承してここへやって来た。違いますか？　大丈夫です、ここでは僕が恋人ですから、慣れましょう」

芽衣子はそう言われて、しばらく葛藤する。が、やがて諦めたのか震える手で制服のブラウスのボタンを外した。

「下着もずらしてください」

言われるがまま、ブラジャーもずらす。

すると、まるで雪のように真っ白で豊かな胸が現れた。

常に衣服の下で窮屈そうに主張していた大きな胸は、生で見ると迫力があった。まだ誰も触れたことのない肌に神々しささえ感じる。

だが、次のレッスンは胸を揉むことではない。

智哉はおもむろに修道服のスカートをたくし上げると、半勃起している己のペニスを取り出した。

「きゃっ……‼」

「目を逸らしてはいけませんよ。これが男の生殖器、ペニスです」

芽衣子は顔を背《そむ》けていたが、ゆっくりとペニスのほうを向いた。

「いいですよ。よく観察して、まずは見ることに慣れてくださいね」

「は、はい……」

やはり芽衣子は従順な性格なのか、男根に視線を向けたまま頷いた。

(こ、これが男性のオチンチン……すごい、初めて見た。教科書では見たことあるけど、本当にこういう形なんだ……)

そして、と芽衣子は思う。シスター依子様は男だったのだ、と。

教科書に書かれていた内容を思い出す。勃起した男根を女性の膣内に入れて性行為を行う、とあった。

(こんなに大きいものが、本当に入るの?)

芽衣子は瞳を瞬《しばたた》かせた。見れば見るほど奇妙な形をしている。男性はこれをずっとぶら下げていて重たくないのかなど、的外れな疑問まで浮かんだ。

「怖いですか?」

「はい……あ、いえ……でも、あの……はい。怖い、です」

「大丈夫、きっとすぐに慣れますから。そのための僕がいるので安心してください」

とはいえ、今はまだ見るので精いっぱいである。

「あ、あの、これは……勃起をしている状態なのですか?」

「そうです。芽衣子さんのキスと、そのすばらしいおっぱいを見て勃起しています」

芽衣子は自分の胸を見てもう一度ペニスを見た。

（こんな、ただ大きくて邪魔な胸で勃起するなんて、男性って不思議な生き物……）

「ただ、歳のいった男性は勃起しにくくなるそうです。芽衣子さんがちゃんと愛人を勃起させられるよう、僕も努力しますね」

「は、はい。お願いします」

「では、形に慣れたら今度は手で触ってみてください」

芽衣子は自分の手を両手で握って一瞬躊躇《ためら》う。だがゆっくりと手を出して、そろりと亀頭部分に触れてみた。

（あ、熱い……ここって熱いの？）

柔らかい感触が智哉を刺激する。

「両手を使って……片手で陰嚢を包むようにして触り、もう片方の手で棒を握るんです」

言われた通り、陰茎と陰嚢に触れる。力加減が分からないのかやんわりと握られたのでくすぐったくなってしまった。

「こ、こうですか？」

だが初めてにしては悪くない、と智哉は思った。

「はい、もう少し棒を握っているほうに力を入れてくれるとより良いです」

「力を……あの、痛くなったりしませんか？」

「棒のほうなら大丈夫です」

芽衣子は陰茎を握る手に力を入れた。ぎゅっと掴まれて気持ちいいのか陰茎が脈を打つ。

（ああ、本当に触ってる、私。これが、男性のオチンチン……なんだか、とても熱いわ。熱くて硬い……きゃっ？　なんだかドクンって脈打ってる？）

「いい感じですよ。陰嚢のほうをマッサージするように優しく動かして」

「はい……ん、はぁ……」

「感触にも慣れてくださいね。これは芽衣子さんのオマンコに入れるモノですから」

女性器をそんなふうに聞いたのは初めてだったので、芽衣子は耳まで赤くなった。

こんな火かき棒のように赤く硬いモノが本当に入るのか、疑問に思う。だが、これが自分の中に入ると聞いて、ますます下着を濡らすのだった。

「今から言う言葉を実践して復唱してください。触れる前に相手に言うと興奮します。手のひらでキンタマを転がします」

「てっ手のひらで……転がします……」

「きちんと、ですよ」

芽衣子は唇を噛んで恥ずかしい気持ちを抑えた。

「手のひらで、キンタマ……を転がします」

言い終えた後、改めて手のひらで包み込むように陰嚢を揉む。

陰嚢は袋状になっていてふにゃふにゃとつかみ所のない不思議な感触だが、よく触ると、

玉のようなものがふたつあった。

「こ、これがキンタマ、ですね」

「いいですよ、ゆっくり優しく。相手にするとき、そうやって愛撫するといいです。精子が作られるので、ペニスも自然と元気になります」

「はい……ん、ふ……はぁ……」

芽衣子はこの状況に自分も興奮していることに、まだ気がつかないでいた。

(シスター依子様のキンタマ、すごく立派な感じがする。他と比べたことがないから分からないけど……あ、またオチンチンがびくびくって揺れた。本当に気持ちいいんだ)

「では、チンポのほうも扱《しご》いてみましょうか」

「そ、それも復唱するのですか?」

「はい」

「でも少し、品がないような気がします」

「では、なんと呼びますか?」

やはり言わなければならないのか、と恥ずかしくなる。

「お、オチンチン、とか、でしょうか」

「親子ほど年が離れた愛人かも知れないのですよ? その相手にオチンチン、ですか?」

確かに自分の言い方は、幼い子供に言うようだ、と思い、またしても顔が熱くなる。

「で、では、お、オチンポ」

「いいですよ。復唱して」

「手で、オチンポを扱きます」

片方の手で握ったままの陰茎をぎこちなく上下に擦っていく。

(これで合っているのかしら？　あ……シスターが気持ちよさそうな顔をしている)

「こんな感じでしょうか……？」

「もう少し強めで。あぁいいですよ、そんな感じです」

智哉の陰茎は先ほどよりも赤く硬くなっていく。芽衣子の、吸いつくような手の感触にレッスンを忘れて感じてしまいそうになる。

「はぁ……ん……ペニスは刺激を受けると射精します。それは分かりますね？」

「は、はい、白い、体液が出ます」

「そうです。芽衣子さんの相手が気持ち良く射精できるよう、心を込めて愛撫してください。オチンポの根元から先端まで」

「はい。オチンポの根元から先端までしっかり愛撫します……はぁ、ん」

芽衣子の手は持ち前の従順さを発揮して、ペニスの根元から先端まで丁寧に扱いた。反対の手では、精子の増産を促すように陰嚢への愛撫を続けている。

初めてとあって動きはさすがにぎこちないが、丁寧さを心がけていて、手のひらが柔らかい。

　十分に快感は強かった。

「はぁ、はぁ、あ、またビクンって……」

「はい、芽衣子さんの愛撫が気持ち良いから、反応して動くのです」

（なんだかいやらしいわ……男性のオチンポをこんなふうに触って弄るなんて。普通なら触れちゃいけない場所なのに、すごく変な気持ち……）

　いつの間にか扱いている手のひらが濡れている。見ると鈴口から透明な体液が滲み出ていた。

「な、何か濡れてきました」

「どこが濡れてますか？」

「オチンチン……オチンポの先っぽです」

「そうですね。気持ち良くなると出てくる精液の一種です。芽衣子さんの手、とても気持ちいいですよ」

　智哉はうっとりとして言った。それを見た芽衣子は少し自信を持った。

（男性に快感を与えている。私が……これってすごいことなんじゃないかしら）

　智哉の読み通り、芽衣子は人から褒められると向上するタイプだった。可憐な手が熱心にペニスを扱く。そうした光景には、きっと愛人も満足感を覚えることだろう。

（ああ、すごい。おつゆがどんどん溢れてオチンポがベトベトだわ。いやだ、私の下着もすごく濡れてしまっている）

芽衣子はお尻を振るようにモジモジとする。

「どうかしましたか？」

「あ、いえあの……すごく濡れてきて」

「芽衣子さんが、ですか？」

智哉のペニスのことを言ったつもりだったのに、見透かされたように言われる。芽衣子は迷いながらやがて、おずおずと口を開いた。

「あの……自分の、体の変化に戸惑っています。男性との行為なんて、これまで考えたこともなかったのに。なのに、自分が濡れるなんて思いもしなくて」

「そうですね。頭で考えたことがないとしても、芽衣子さんの身体はもう十分に女らしいです。男を受け入れるため、濡れるのも自然なことと思いますよ」

智哉は、性欲は誰しも持っていて、性欲によって興奮することはごく自然の摂理だと優しく説いた。男性は勃起し、女性は濡れる、当たり前のことだと。

「男に慣れるのと同時に、自分がもう女であることにも自覚し、慣れてください。芽衣子さんは賢い人ですから容易いと思いますよ」

「はい」

私はすでに女性の身体をしていて、性的なことに反応することは当たり前。だからこうして男性のオチンポに興奮してアソコを濡らしているのだ、そう自分に言い聞かせる。

(何も、いけないことではないのだわ)

芽衣子は褒められたこともあって、ますます陰茎を扱く手に熱がこもった。鈴口からは止めどなくガマン汁が溢れ出て、擦りやすいというのもあった。

智哉も限界が近づいた。

「そろそろイキそうになってきました」

「はぁ、はぁ、ん、イク……射精ですか？」

「ええ。そのままオチンポをシコシコと扱いて、射精まで導いてください」

(射精する、男性が……私の手で……)

「はい。このまま、オチンポをシコシコ扱きます。ん……はぁ、オチンポがすごくベトベトしてます……そ、そうして、オチンポを射精まで、はぁ、はぁ……あ、またビクンビクンって……はぁ、ん、しゃ、射精まで、導きます」

だがここで芽衣子は悩む。このまま扱いていいのか、手を緩めたほうがいいのか、それとも、と。

「あの、手は緩めたほうがいいですか？　それともこのまま……？」

「芽衣子さん、手の動きはそのままでいいです。それよりも大事なことは」

「は、はい」

「あなたは愛人に金で買われた立場です。したがって対等ではありません。そこできちんとお願いをしてください」

何の話をしているのか、一瞬理解できなかった。だが、やがて智哉の言わんとしていることはこうではないか、と芽衣子なりに答えを出した。

「は、はい。オチンポ、私の手で気持ち良くイッてください……私の手で出してください！」

芽衣子の言葉が引き金になった。

智哉は低く呻きながら射精をした。

「あっあぁ、ひゃあうぅっ……？　ふぁあぁあっ……！」

芽衣子はその勢いに驚いた。解き放った精は、芽衣子の手や顔に勢いよく掛かっていく。

「や、あぁあんっ！　顔に、あったかいのがたくさん……んンぶぅっ！」

長時間、心のこもった芽衣子の愛撫で智哉のペニスからは噴水のように精液が噴出した。

白濁液が芽衣子の顔を汚していく。

いくら説明をしたところで、愛人に性奴として金で買われたという事実は、なかなか理解できないものだ。なので、あえて智哉は顔に射精する。こうすることによって売られた先の自分の立場を納得させるのだった。

（ああ、止まってきた？　はぁ、はぁ、すごい匂い、生っぽいような咽《む》せそうな生臭い匂いだわ。これが精液……）

「芽衣子さんのおかげでたくさん射精できました」

「はぁ、はぁ、はい……ん……」

「これが本物のカップルなら男のほうがお礼を言うのかもしれませんが、芽衣子さんが近い将来相手にするのは愛人です。ですから、芽衣子さんがお礼を言ってください」

精液が顔に付いたまま、芽衣子は呆然となった。なぜ自分がお礼を？　と当然の疑問が湧く。だが、金で買われたのだ。親が困っていてそれを自分が助けようと思って、今ここにいるのだ。

芽衣子は小さく頷いた。

「わ……私の手で、オチンポからたくさん射精してくださって、ありがとうございます」

智哉は満足げに笑むと、芽衣子の頭を撫でた。

「よくできました」

おぼつかない足取りで、なんとか池の畔《ほとり》までたどり着く。芽衣子は自分の下着の気持ち悪さもあって、早く部屋に戻って着替えたかった。

今日のレッスンを思い返す。キスの次に、手で射精を強いられた。なかなかハードだったと思う。

射精された顔をタオルで拭いても、まだ匂いが鼻に残っている気がした。

（男の人ってあんなふうに射精をするんだ……初めて見た……）

久津見から、レッスンを受けてもらうと聞いたとき、何をするのだろうと見当も付かなかったが、こういうことなのだと芽衣子は理解した。

（男性に慣れることだったんだ。確かにここにいるだけでは男性と繋がる機会はほとんどない。いくら教科書に書かれていることを知識として知っていても、実際に見たり体験するのとでは大違いだわ。だから、あとは、心がそれに追いつくだけ）

智哉の姿が脳裏に浮かぶ。レッスンがあって本当によかったと思う。

そうでなければ、いきなり見知らぬオジサンに同じことをされたら、きっと、自分は悲鳴を上げて逃げている。

想像して身震いする。

ふと、智哉の、頭を撫でてくれた温かい手を思い出して、顔が赤くなった。

「やっぱり、男性だったな……」

どうして裏の稼業に荷担《かたん》をしているのだろう、どうして、いつも寂しそうなのだろう。

芽衣子は気づくと智哉のことばかり考えていた。

「あ……名前。シスター依子様の本当の名前は？」

芽衣子は教会堂を振り返って見た。上階の小さな窓に明かりが点《とも》るのが見えた。

◆◆

放課後。芽衣子はいつものように教会堂で智哉と会い、レッスン前に話がしたいと申し出た。智哉は了承し、自分に与えられた書斎へと案内する。

「本名？」

「はいあの、シスター依子様というのは偽名ですよね？」

「ええ」

「それであれば、本当のお名前を伺っておきたいと思って……シスターとお呼びするのも妙な気がしますし」

確かに自分のことを男だと知った上でシスターとは呼びづらいだろうが、本当の名前を芽衣子が呼ぶことがあるのだろうか？　と智哉は疑問に思う。

「僕は、智哉といいます」

「智哉……智哉さん……ですね」

思っていたより普通の名前だ、と芽衣子は思った。

「ただそれも、通り名みたいなものです」

「え？　どういう意味ですか？」

「本名は不明なんです」

芽衣子は目を丸くした。

「不明？」

「昔の記憶が曖昧なんです。そして両親もいないので自分の名前も思い出せません」

「え？　それって、記憶喪失……ということですか？」

「そうですね。ここ一年のことは、普通にはっきり覚えているのですが、それ以前のことは曖昧です」

智哉の口ぶりから嘘ではないようだ。それで自分のことなのにどこか他人事なのかと芽衣子は理解した。

「一年前に何かあったんですか？　たとえば、事故とか……」

「いえ。そんなこともなかったはずですけど……ただ、愛美璃が来ました」

「愛美璃さん？　美化委員で一緒です」

「はい、彼女もそう言っていました。彼女と僕は一緒に暮らしているんです」

芽衣子は、一緒に暮らしているという言葉に違和感を覚える。愛美璃とはあまり話したことはないが、いつも明るくみんなを見守っている、そんなイメージを持っていた。

（智哉さんの世話するために一緒に暮らしているのだろうか。確かに世話を焼くのが好きそうな彼女なら喜んで引き受けそうだけど）

「シスター久津見から言われて、それで一緒に」

久津見の名前を聞いて、芽衣子は少しだけ身体を強ばらせた。動悸が速くなる。

今件のことで、彼女に対する見方が以前と変わってしまった。厳しいけど尊敬する久津見だったが、今はただ怖い。

それに信用もなくなってきていた。

「芽衣子さんのご両親は……」

詳細は分からないがお金のために売られることになっているのだ。あまり良い親とは言えないのか。

「健在です。でも……」

芽衣子も口をつぐんでしまった。あまり会いたくない、と言いたかったが、親の記憶がない智哉にそれを言うのはひどい、と感じた。

「お話は以上ですか？」

「あ、は、はい。お名前が聞けてよかったです」

「では、レッスンを始めましょうか」

地下室に行くと、またあの黒猫がいた。そういえば前回も部屋の隅にいて、二人の行為を最後まで見ていた。

(嫌な感じ……)

黒猫は鳴きもせず、やって来た芽衣子を一瞥するかのように目を細めた。

「今日はフェラチオをしてもらいます」

「ふぇら……ちお？」

「女性が男性のチンポをお口で愛撫するのです。やり方は教えるので、安心してください」

（お口でアレを愛撫……そんなことできるのかしら？）

だが、先日の行為を思い出して、芽衣子は早くもモジモジと内股を擦りつけてしまう。

智哉は、芽衣子を座らせると修道服の裾をたくし上げ、まだ勃起していない男根を取り出す。そうして、最初は手での愛撫を命じた。

恥ずかしがりながらも従う。手で扱く行為はやったばかりだからか抵抗はないようだ。

「ん……はぁっ……んんっ……」

芽衣子は頬を上気させ、真っ白で、見るからに柔らかそうな手が赤黒い肉棒の上を往復する。もう一方の手では睾丸をやんわり揉んで、射精欲求を高めていた。

「上手いですね。もうコツを掴んでいる」

「あ、ありがとうございます……んん……」

「芽衣子さんの可愛い手で、上手に扱かれたら、老人でもきっと勃起すると思いますよ」

そう言われて喜んでいいものかどうか、複雑な気分だ。

「あの……変なことを訊くようなんですけど……智哉さんのオチンポ、すごく大きいんですか？」

　智哉は少し驚いて、芽衣子を見た。

「さすがですね。そういうことを言われると、大概の男は喜びます」

「え？　あ……いえ、その、なんていうか、素朴な疑問……です」

「ああ、そういうことですね。うーん、どうでしょうか。考えてみれば、僕もまともに男性と接したことがないので、分かりません」

　ここには、智哉以外の男性はいない。それもそうかと納得する。

「でもシスター九津見は、僕のモノが立派だ……みたいな言い方をしています。それからすると、大きいほうではないでしょうか」

「えっ？」

「何か？」

「あ……そ、その。それっていうのは、その、シスター九津見と、あ、あの、その……」

「そうですよ、よくセックスの相手をしています」

　芽衣子は扱いている手が止まりそうになった。

「驚きましたか？」

「え……ええ、そ、その、少し……」

「シスターというと、禁欲的なイメージがありますからね。もっとも、この学校に本物のシスターなどいないようですが」

芽衣子はそれ以前の問題のような気がした。いや、本物のシスターがいないなどと、それはそれで恐ろしいことを聞いたと思うのだが。

自分勝手なイメージだが、こんなことをしていても智哉をどこか清純なイメージで見ている。その智哉があの久津見とセックスをしている。

これまでどのくらいの数の少女と、こうしてレッスンをしてきたのかは分からないが、久津見とするのは間違っている気がした。

しかし、上手く言えないし、それを智哉に伝えたところで「なぜです？」と不思議がられて終わりだ。上手く答えられない。

「す、すみません、いろいろその、情報が多すぎて」

「構いませんよ。今はレッスンに集中しましょう」

「は、はい」

「とにかく、ペニスが大きいというのは、相手も大変喜びますから、ぜひ言ってあげてくださいね」

「はい」

芽衣子の手がリズミカルに竿を扱き始める。握る力も自然と緩急がつき、気持ちよさが背中をせり上がってくる。

「ではそろそろお口でしてもらいますね」

半勃起くらいになったところで智哉は言った。

「は、はい、わかりました。フェラチオ、ですね」

「こういうときはなんて言うんでした？」

芽衣子は恥ずかしそうに上目遣いをした。

「お、大きなオチンポを、私のお口でご奉仕させてください」

ずい、と目の前に赤く膨れあがった亀頭を近づけられる。

(こ、こんな間近にオチンポ見ちゃってる。これだけ近いと、独特な匂いもする……汗のような、おしっこのような……)

「ではしてください。チンポに口づけをして。おざなりだと、男はすぐに分かるので愛人なりに情感を込めてやってください」

「はい。では、失礼します……」

芽衣子はぽってりとした艶やかな唇を少し突き出して、亀頭にキスを始めた。

「ん、ちゅ……ちゅっちゅっ……」

(すごい、本当にキスしちゃった。オチンポに……先っぽってつるつるしているのね)

「ん、ふ、ちゅ、ちゅちゅっちゅぷ……」

「それから、舌も使って……舌を使うのもキスと同じです」

「はい……ちゅ、ちゅぷ、はぁん、れろ、れろぺろ……んっ、ちゅぷ、ぺろぺろ」

芽衣子の薄く赤い舌が亀頭を這うように舐める。そのぎこちなさがジワジワとした刺激になっていく。智哉の肉棒がびくんってなった。舐めると気持ちいいのかな)

(あ、オチンポがびくんってなった。舐めると気持ちいいのかな)

「ぺろ、ぺろ、はぁ……んふ……ちゅっ、ちゅぷ、れろ、れろん……はぁ、あの、オチンポが唾液でべとべとになってきました」

「構いませんよ。芽衣子さんの舌、気持ちいいので続けてください」

「はい、ちゅぷっ、オチンポ、舌で愛撫します……んちゅる、ぢゅるる、じゅっちゅ……」

「舌も続けたまま棒も扱いてください。相手が気持ちよく射精できるよう心をこめて」

「はい、ちゅぷちゅぷ、ぺろ、オチンポ、舐めて、手でシコシコしますから……ちゅるっ、気持ち良くイッてください。はぁ、ん、れろれろ、ぺろ……」

舌で舐めながら肉棒を擦るのは、なかなか難しかったが、芽衣子は懸命に亀頭を舐め扱いた。

「はぁっ、んちゅる、れろ、んふぅっ。ンぴちゅ、ちゅる、んんっ」

(あ……イクときみたいにオチンポがビクビクってなってきた。私の行為でオチンポに反応があると、なんだろう。嬉しくなってしまうみたい……)

芽衣子は張り切って亀頭を口先で咥えてみた。チロチロと舌を這わせて、雁首に吸いつくようにして舐めていく。

教えたわけでもないのに、芽衣子は自然とコツを掴んだようだった。

智哉は、熱心に舐められ、少ししゃぶったりもする芽衣子の技に、すっかり射精感が高まった。

「芽衣子さんの舐め方が上手なので、そろそろイキますね。顔にぶっかけますよ」

「ふぁ、は、はい。わ、私の顔に、あなたの精子をたくさん、かけてください……ぺろぺろぺろ、ちゅぶ、ちゅび、れろ、んっじゅるちゅぴっ」

亀頭や雁首をでたらめに舌で舐め、手は唾液とガマン汁にまみれた竿を上下に擦り挙げていく。

すると、扱いていた竿がビクビクと脈打ったと思ったら、当然鈴口から白い液体が飛び出した。

「んあぅっ？　ふあっ……あ！　あっあぶっ……ン！　んんん～！」

堰を切ったかのような勢いある射精だった。放たれた精は芽衣子の顔や口元を存分に濡らしていく。

（ああ、また、すごい量の精液が顔に……！　匂いも、臭い……すごい……！）

芽衣子は顔を上げたまま、しっかりと精液を受け止めた。

（これがフェラチオ？　お口で舐めて顔に射精されるのかしら？）

やがて射精は終わったが、智哉は動かなかった。

「今日はこのまま続けます」

「え？　あ、は、はい。あの、顔を……」

「洗いたいですか？」

「はい、洗いたいです。精液の匂いがちょっと独特で、咽《む》せかえってしまいそうで」

「でしょうね。ここまで臭ってきています。でも我慢してください。精液で汚れている芽衣子さんはとてもいやらしいですから」

いつもの智哉ならすぐに顔を拭いたり手を洗うことを許可してくれるのに、今日は違った。それどころか、精液まみれの芽衣子を見ていやらしいという。

「そ、そうなのですか？　いやらしい？　私が……」

(智哉さんが興奮している。だってまだオチンポが萎《しお》れていないもの。私の精液まみれの姿を見て……それは少し嬉しいかもです)

「ここからがフェラチオですよ。チンポを口に入れてください」

「え……舐めるのではなく？」

「はい、歯が当たらないように気をつけて、ゆっくりと口に含んでください」

智哉のペニスには精液が飛び散っていて匂いも強烈だ。これを口に入れるのかと芽衣子は少し引いた。

だがこれは大切なレッスンだ。やらなければ、ここで慣れなければいけない。

「できますね？」

「はっ……はい……お、オチンポ、お口に入れます。歯が当たらないように、気をつけて」

芽衣子はおそるおそる男根を握ると、自分の口の中へと導いた。

「んっ！　んっぐ、ふっ……んんんっじゅっ」

しかし亀頭が大き過ぎて、芽衣子の小さな口には入りきらない。思わず涙目になってしまう。

（すごい、大きいよぉ。お口、あーんしても全部は無理だよぉ）

「ベロの上で裏筋を滑らせればスムーズに飲み込めると思います」

「ふぁ、ふぁい、んぐ、んっ！　んぶ、じゅるっ……じゅるっ、じゅぷっ」

言われた通りにすると、最初は口いっぱい頬張るといった感じの男根をどうにか受け入れることができた。それでも喉まで飲み込んでいるので苦しいことには違いないが。

「んっ、ふ、ふぅっんん、くっじゅぅう」

射精直後の男根は、放たれた精液よりきつい匂いがする。芽衣子は吐き出してしまいそうになる衝動をなんとか抑えた。

「あまり無理はしなくていいですよ。嘔吐でもすると、手慣れた老人でもさすがに引くでしょうから」

「ふぁい……んんふ……じゅっ、じゅる」

芽衣子は少し安堵したように顔を引き、亀頭の辺りが舌の上にのるようにした。

「それでは、さっきと同じで棒を手でシコシコしながら、口の中で舌先を動かしてみてください」

「ふぁい、んじゅっ……じゅるっ、じゅちゅうっ、ずずっ」

「さっきは裏筋だけしていましたが、ベロを回転させて出っ張りを全体的にしてみて」

「こ、こう……れすか？　じゅるっれるっ……んちゅる……ちゅぱ、ちゅる」

言われた通り、亀頭の膨らみに沿って舌をクルクルと動かす。

「出っ張りは亀頭といいます。そこと窪んでいる雁首は敏感で、男の性感帯なので尚更丁寧にやってください」

「はひ、ちゅる、ちゅる、じゅぱっ……んん、ちゅばっじゅるっ」

（本当にここ、出っ張ってる。亀頭っていうんだ。窪みがあって……キノコみたい）

口の中で舌での愛撫を続けていると、唾液が溢れ肉棒を伝って落ちた。

（オチンポ、すごい熱い。感触も匂いにも慣れてきたみたい）

「芽衣子さんは、セックスのとき男女がどういう動作をするのか、知っていますか？」

芽衣子は肉棒を少しズラして答えた。

「お、男の人が、じゅるっ……動く……れすか？」

「そうです。オマンコに包まれたまま、チンポを動かし出し入れします。今回は、僕はじっとしているので、芽衣子さんはお口がオマンコになったつもりでチンポを出し入れしてください」

芽衣子はどう動けばいいのか少し悩んで、やがて顔を前後に振ればいいと理解した。

「はい、お口をオマンコみたいにしてオチンポにご奉仕します。はぁっむ……ん、んんっ、じゅっ、じゅぷっ、じゅぽじゅぽっ、じゅぽっ」

「手も一緒に動かすと、チンポの根元から先端まで気持ち良くていい具合ですよ」

芽衣子は頷くと、手のほうで根元を扱き、先端を口に含んだまま顔を前後に振った。口腔内では忙しく舌を動かして、グジュグジュと亀頭を舐め回す。

(あれ、私、また濡れてる？　オチンポ、口でご奉仕しながら濡れるなんて……しかも、こんなに下品な音を立てながらしゃぶっているのに)

「じゅぶっ！　じゅぽっじゅぽっ、ちゅくっちゅるちゅる、れろっ、じゅぷぷ……」

「いいですよ、芽衣子さん。いやらしい音もっと立ててください」

(私のお口、オチンポが出たり入ったりしてる……なんていやらしいの)

芽衣子は自分の下着がまた濡れてきているのを知って、モジモジと腰を揺らした。

「くうぅんっ、じゅぷぷぅ、じゅぷっじゅぽっじゅぽっじゅぷっ、んんっ」

「芽衣子さんの奉仕が気持ち良くてまたイキそうになってきました」

「はひぅ、ん！　じゅぷっ、い、イッてください……じゅぷぷっ」

「ではこのままお口の中で果てます」

「ふぇっ？　んぐっ、んっ？」

智哉はすかさず芽衣子の頭を押さえつけた。

「お口の中で射精するよ。全部受け止めるんだ、いいね？」

「んん？　んぐっ！　じゅるっ！　ふぁ、ふぁい、わひゃひまひた……じゅる！　おくひで、精液、うけとめまひゅ……じゅるる！」

いつもは優しい口調の智哉が、このとき初めて強い口調で言った。頭も押さえつけられ、ただならぬ雰囲気に芽衣子は頷くしかない。

（精液を口で？　そんな、そんなこと初めてだし、それって飲み込んでしまうのでは？）

どうなるのか分からなくて不安になるが、言われた通りにしなければ。芽衣子は肉棒を擦っていた手を速めて、口の中の舌もかき混ぜるようにして舐り、啜り上げた。

「んぁ、だ、出してくらださい……！　じゅるるっ！　私のお口、精液、たくさんっじゅるっ！　受け止め、まふから……じゅるる！　じゅぽっじゅぽっじゅぽっ！」

「いい子だね、芽衣子は。じゃあイクよ……出る……うっ！」

途端、芽衣子の口の中に熱い精液が飛び出してきた。喉の奥に当たって思わず吐き出しそうになる。

「んっ、んんんんっ⁉ んんぶっ……ぐぅんんっ! んんん～～～! じゅるるるっ!」

亀頭が口の中で跳ねるたび、まるで水鉄砲のようにビュクビュクと精液が飛び出してくる。芽衣子は瞳から涙が落ちるほど動揺し苦しむが、頭を押さえつけられているので逃げることができない。ただ口の中に大量の精液が放たれていくだけである。

「んんん、くぅうううんっ! じゅっじゅぶぶっ! じゅるじゅる!」

(お、お口の中が精液でいっぱい……! 苦しい、早く出させて……!)

ペニスが強く脈動しては、しつこいほど射精を繰り返し、芽衣子の口内に精を注ぎ込んでいく。芽衣子の顔がだんだん苦しそうに歪んでいく。

「んぐ、んんン! んん～～～……!」

しばらくして、ようやく射精の脈動が収まった。

「気持ち良かったですよ。芽衣子さんのお口は最高でした」

智哉の言葉に芽衣子の顔が明るくなった。ようやく口の中のものを吐き出せる。だが。

「まだ飲んではだめですよ。口内に溜めておいてください」

耳を疑うことを言われた。

(え? 今、なんて?)

「こぼさないよう、お口を離してください」

芽衣子は口の中の精液をこぼさないよう、慎重に口を離す。

（これ、どうすればいいの？　口の中が精液でいっぱいで喋ることもできない）

「こぼさないよう、口に溜めたままあーん、してください」

「ぁ、あー……」

芽衣子の口の中には白濁液は溢れんばかりに溜まっていた。少しでも顔を動かすと口の端からこぼれそうだ。

「ドロドロですね。芽衣子さんのピンクの舌に精液がたっぷりと載っている。はいでは、ごっくんしましょう」

「っ⁉」

「ごっくんです。飲むんです」

芽衣子はまたしても耳を疑う。

精液を飲めと言われた。

そもそも精液って飲むものだっけと思う。次の瞬間、芽衣子は慌てて首を横に振り、そして……口の中にあった精液を吐き出した。

「うっ、はぁ、はぁ、ご、ごめんなさい、私、あの……げほっ！　ううっ」

「まぁ、最初はだいたいそんなものですよ、みんな。大丈夫、芽衣子さんならすぐにできるようになります。次はがんばりましょうね」

身体を心配するどころか、まだ今後も続けるつもりで話す智哉に、芽衣子は初めて戦慄を覚えた。


月が照らす中庭を歩く。

芽衣子はよたよたと足取り重く、寮を目指していた。

最後に顔を洗わせてくれたけど、まだ匂いが残っている。きっと髪にも付いたままだ。部屋をシェアしている友達にバレないよう、素早く浴室に向かおう。

(私、智哉さんに何を期待していたんだろう)

名前を知れたからといって仲良くなれるわけではない。記憶がないことを知ったとしても距離が縮まったりするわけでもない。あくまで、淡々とレッスンをする側と必死にそれを受ける側なのだ。そしてレッスン後、金持ちに売られていくのだ。

智哉はまた別の少女を仕事としてレッスンするだけ。ただそれだけ。

それ以上でも以下でもない。

「はぁ～……」

芽衣子は大きく深呼吸をした。

「がんばるって決めたんだから、泣き言は言わない。これは、お父さんとお母さんのため
……なんだから」

芽衣子は気丈に己を奮い立たせ前を向いて歩いた。


「今日は妙なことを聞かれたよ」

「妙なこと？」

食事を終えた智哉は、教会堂の屋根裏にある自室で愛美璃と話をしていた。

「芽衣子さんに本名を聞かれた」

「へえ？　あー、あなたが男だってことがわかったから？」

「そうだと思うけど、彼女が僕の名前を呼ぶことなんて今後あるのかな、って思って」

パジャマ姿の愛美璃は智哉の後ろ側へと歩み寄り、肩を揉み始めた。

「珍しく疲れてる？」

「そうかな」

特に肩が凝っているというわけではないが、愛美璃のマッサージが気持ちいいので任せることにする。

「彼女が名前を呼ぶことがないなんて、どうしてそう思うの？　今後彼女が出荷されるまで、あなたのことをなんて呼べばいいのか分からないじゃない？」

「そうだけど……芽衣子さんとはただ仕事で接しているだけだから」

「今はそうでも、この先は分からないじゃない」

愛美璃にそう言われると、確かにセックスしている最中に名前を呼ばれるかも知れない、などと思う。今まで相手にした少女は記憶にあるだけでも「あなた」か「あんた」、もしくは「依子様」のままだった。

「智哉って名前、嫌い？　理事長がつけたそうだけど」

「好きとか嫌いとか、考えたことがない」

「私は好きよ、あなたの名前」

愛美璃は笑って言う。そして「寝ましょう」と智哉の手を引っ張ってベッドに誘導した。

何もしない。ただ隣で添い寝をするだけだが、安心できるので愛美璃と一緒に寝るのは好きだった。

ふと芽衣子の顔が浮かぶ。今日のレッスンは彼女にとって厳しかったようだ。地下室から出るとき泣き顔だった。

「少し可哀相だったかな」

「ん？」

「いや、なんでも……そういえば僕の正体を知って名前を知りたがったのって、芽衣子さんが初めてだ」

「そうなの？　いいことじゃない」

「いいことかな」

「ええ、きっと」

　愛美璃が言うならそうなのだろう。

　他愛ない会話をしながら、やがて二人は深い眠りに落ちていった。

第二章　曖昧な記憶

芽衣子は今日もレッスンに励んでいた。

ここである程度のことに慣れておかないと、売られた先でできなくなったら、自分も親もどうなるか分からない。

それに、レッスンを指導した智哉にも被害が生じるかも知れない。そう考えた芽衣子は、受けられるレッスンは全てこなそうと思った。

「はぁ、はぁ、あん……ちゅぷ、ちゅぶぶ、ぺろ、れろれろ……はみゅ……んちゅ」

芽衣子は自分から進んで亀頭にキスをして舐めた。

大きく膨らんだ亀頭を丹念に舐めて、性感帯と言われた雁首にもチロチロと舌を這わす。片方の手は陰嚢を優しく揉む。竿を扱くのを止めない。

「んちゅ、れろれるれる……はぁ……ん、ちゅぷ、ちゅぷ」

芽衣子の形のいい唇がペニスの先を軽く挟んで、舌先が器用に肉棒を這い回る。そうして時折、棒付きキャンディーを口に含むように、先端をしゃぶってみたりした。

「はむ、んん、ん、ちゅ、んじゅ、じゅぷ、じゅぷっじゅぷぷっ」

「いいですよ、芽衣子さん。手のほうも緩急をつけてゆっくり……そう。手を回すように擦ってても気持ちいいです」

「ふぁい、ん、んんっちゅぶ、ちゅぶ、んっ」

ドアノブを捻るように肉棒を持つ手を回してみると、感じるのかビクンと跳ねた。

(智哉さんの反応……私のご奉仕で感じてくれているのが嬉しく思えてしまう。もし、私に好きな人ができたら、こんなふうにしてあげると喜ぶのかな)

亀頭を丹念にしゃぶり、竿を扱きながら上目遣いで智哉を見る。

感じているのか、顔が少し上気している。芽衣子を見下ろす目も潤んでいる。その様子に芽衣子はドキドキと鼓動が鳴った。

ふと、智哉が彼氏だったら、という考えが浮かんだ。

(ううん、だめだめ。これはあくまでレッスンなんだから。智哉さんは仕事でやっているんだから。そこに何か感情なんてない。もう期待しないって決めたんだから、私)

「ちゅぶ、ちゅぶ、んン、はぁ、はみゅん、じゅぷっちゅるっ」

(でも、智哉さんのオチンポならもっと舐めたい……しゃぶっていたいかも……精液も、今度こそ飲めそう)

「ちゅぶ、ちゅぶぶっん、はぁ……オチンポがビクビクしてきました。ちゅぷっ。また気持ち良く射精してくださいね」

「ええ、だんだん射精したくなってきました。今回はどこに出すか、芽衣子さんが決めてくれませんか？」

「ちゅぷちゅぷ……え？」

「べつに試しているわけではありません。ただ愛人相手でも気分が乗らないときもあるでしょうし、無理をする必要はないです……まぁ、気分が乗らなくても無理強いをしてくる愛人もいるでしょうが、そのときは残念ですがひたすら我慢です」

智哉は芽衣子に優しい眼差《まなざ》しを向けた。

「ここではそこまで無理強いはしません。今は精液が飲み込めなくても、少しずつ慣れていただければいいです。ああ、そうだ、芽衣子さんが気持ち良さを知るレッスンもありますからね」

芽衣子は亀頭を舐めながらキョトンとなった。命令したり優しく許してくれたり、いったい智哉はどういう人なのだろうと思う。

智哉からすればこれが飴と鞭のレッスン方法なのだが、芽衣子は知《し》る由《よし》もない。

だが、今の言葉で少し肩の力が抜けた。

「あの、では……お口にお願いします」

「いいのですか？」

「はい、あなたの精液を、私のお口に出してください。はむ……ん、ちゅっ、ちゅぽっ、じゆぽっじゅぽっ」

「わかりました。ではお口をあーんしたまま、手でシコシコを続けてください。舌は動かさず裏筋に添えたまま」

「はい。はぁ、ん……」

芽衣子は口を大きく開けて舌を出し、裏筋にしっとりと吸いついた。その表情はだらしなくてなんとも可愛かった。

「はぁっ……ぁあっ……んんっ、ふぅっはぁ……」

きちんと精液をお口で受け入れようとしつつ、懸命に手を動かして、射精を促す。

少女のこうした献身的な姿は、男の満足を誘うことだろう、と智哉も満足げに笑みを浮かべた。

智哉は腰を前後に動かして、肉棒で芽衣子の口腔内を蹂躙していく。あまり喉の奥まで突っ込むと芽衣子が吐きそうになるので気をつけながら、舌先が跳ねる感触を愉しんだ。

芽衣子はされるがままになりながらも、肉棒を咥えて放さない。

(これ、ちょっと苦しい。自分で動いたほうが楽かも)

でも相手は、こういうことが好きな人かも知れない。智哉は優しいが、相手は厳しいかもしれない。我慢をしなければ。

芽衣子は必死に耐えた。

「そろそろ出しますよ、君の舌の上にぴゅっぴゅっと」

「ふぁい、はぁはぁ、ちゃんと舌で受け止めます、から……ん、ん、精液ぴゅっぴゅって出してください」

芽衣子は最後に向けて、手の動きを速めた。そういう男の生理も少しは分かるようになった気がするのだった。

「出る……！」

「ふぁあいっ……んっ……あっあぁあー！　はぁっ、あぁっんんんっ！」

芽衣子の口の中に勢いよく精液が放たれる。それをこぼさないよう受け止めていく。

「はぁっはぁっ、ああ、ん、はぁっ！　あぁぁっ」

(舌の上に温かい精液が、何度も落ちてくる……すごい、ああ、匂いもするわ。いつも青臭い精液の匂いが……！)

精液はびたびたと舌の上を弾いて顔にも掛かっていく。

口の中が精液でいっぱいになるまで射精は続けられ、唾液と一緒に溢れ出そうになった。

「はぁ、はぁ、ああ、ああんっくっ……あ……」

やがて長く続いた射精が終わった。

芽衣子の口の中に大量の精液が溜まっているのが見えている。

「ふぅ……では手で、中のものを押し出すように扱《しご》いてください。そう、そんな感じで」

芽衣子は口を開けたまま言われた通り、竿をやんわり押しながら扱いた。

「精液をこぼさず、残っている精液をお口で吸い出して」

「ふぁ…あ、ン……じゅ、じゅっぢゅうう……」

液をこぼさないようにしつつ、鈴口に吸いつく。すると中に残っていた精液がドロリと口の中に入ってきた。

放たれたばかりの精液にはない粘りけのある感触に、吐き出しそうになる。

(精液の残りって、こんなにドロッとしているの？)

「んふっ……！　んっ」

「ごっくん、してみますか？」

芽衣子は小さく頷くと、目を瞑《つむ》って口の中のものを飲み込んでみた。

「んっ……んぐっ……う、うぅうん、げほっ！　げほげほ！」

(何これ、喉に張り付く感じ……喉が、イガイガする……！)

少し飲み込めたが全部は無理だったようだ。咽《む》せて吐き出してしまった。

「ごっごめんなさい、げほっ！　はぁ、はぁ……私、また……」

「今、少し飲んだでしょう？」

「は、はい、でも」

「大丈夫、芽衣子さんはがんばっていますよ」

智哉はそう言うと、芽衣子の頭をそっと撫でた。

◆◆

いつもと様子が違う。智哉がそう自覚したのは、芽衣子が精液を少しだけ飲んだレッスンから数日経ってからだった。

その翌日、すぐにでもレッスンをするつもりだったが、芽衣子の体調を気遣って休みにしてしまった。

いつもなら少女が生理になっても関係なくレッスンを進めているというのに。

智哉は気づけば芽衣子との会話を思い返していた。

改めて自分の記憶が曖昧なことが気になる。芽衣子の両親のこと、自分の両親のこと、一年前はいったい何をしていたのか、など。なぜそれを今まで気にしていなかったのかが最大の謎であった。

「芽衣子さんと話をするようになってから……かも」

ただ流されてレッスンを受けに来た何も考えていない少女に見えたが、彼女との会話がいちいち智哉の心をかき乱した。他愛のない話ばかりなのに不思議だった。

（愛美璃は、芽衣子さんと会話するのは、とてもいいことだと言っていた。それは記憶が曖昧な僕にとっていいことなんだろうか？」

教会堂の鐘が鳴り、智哉は我に返った。掃除の手が止まっている。再びほうきを動かすと、足下に黒猫がやって来た。

ひと声鳴いて、久津見の部屋へと歩いて行く。これは、久津見が智哉を呼んでいる合図なのだ。

智哉は掃除道具を仕舞い、久津見の部屋へ向かった。


「芽衣子チャンだけど、進捗のほうはどう？」

久津見はソファに座りながら、やって来た智哉を舐めるように見た。

「順調だと思います。一応」

「一応？　珍しいわね、全身チンポみたいなあんたがそんな留保をつけるなんて。まさか何か余計なことでもしているのかしら」

「余計なこと？」

「本当のカップルみたいに、くだらない会話とか、くだらないじゃれ合いとか」

会話と聞いて智哉は押し黙った。芽衣子との会話をもう少し愉しみたいと少なからず思っていたからだ。

「あんたのレッスン内容にケチつけるわけじゃないけど、恋愛ごっこも大概にしなさいよ。

そんなことしたってあの子は売られていくんだから意味ないでしょ。それで？　もう合体はしたの？」

「まだです」

久津見は大げさにため息を吐いた。

「急ぐんですか？」

「急ぐわけではないけど、のんびりしたいわけでもない。何しろ芽衣子チャンには史上最高値が付いている。さっさとモノにして最上級に仕上げて金を手に入れないと……あんただって分かってるでしょう？」

「はい」

毎回、前金でいくらか貰ってはいるが、残りのほとんどはレッスン済みの少女と引き替えだ。久津見は今回は特に大金が絡んでいるせいか、急《せ》いているようだった。

「あんたさ、勘違いするんじゃないわよ」

「勘違い？」

「所詮あんたは人間バイブにしか過ぎない。いくらセックスしたからって彼女たちと仲良くなれない。なろうなんて思わないことね」

「恋愛ごっこのことを仰《おっしゃ》ってるのでしょうか」

「そうよ、それ、恋愛ごっこ。くっだらない情なんかかけてないで、さっさとやりな」

「仲良くなったら、都合が悪いのでしょうか？」

「は？」

それまでニヤけていた久津見の表情が険しくなった。

「僕は以前、レッスン相手の誰かと仲良くなったことがあったんでしょうか？」

久津見がゾッとするような冷たい視線で智哉を睨む。

「それを知ってどーすんの？」

「僕の記憶が曖昧で覚えてないから、何かご存知なら教えてください」

久津見がいっそう智哉を睨む。だがやがて手を、蝿を追い払うかのように振り、智哉に部屋から出て行けと指示をした。

数日ぶりに芽衣子は智哉の書斎に姿を現した。レッスンを休んだおかげなのか、顔色良く機嫌も良さそうだ。

智哉はすぐにレッスンするための地下室には向かわず、芽衣子と何か話をしようと温かい紅茶を淹《い》れた。

「体調は良さそうですね」

「はい、休ませていただいたおかげです。ありがとうございました」

芽衣子がはにかんで微笑む。

「あの、名前……」

「はい？」

「名前で呼んでもいいですか？　智哉さん……って」

智哉は一瞬ドキリとした。レッスン相手に名前で呼ばれたのは初めてだ。

「え、ええ。いいですよ」

「よかった……あの、智哉さんって休日は何をしてるんですか？」

「休日……？　特に何も。学院の雑務とかですかね」

「休みの日なのに仕事しているんですか？」

「まぁ……レッスンもありますし」

そう聞いて芽衣子が「あ」と小さな声を出した。少女たちの出荷に合わせてレッスンをしなくてはいけないので、確かに休日云々は関係がない、と納得をする。

「どうしてそんなことを聞くのです？」

「はい、あの、先日の休みの日にシスターたちが外出するのを見かけたので。でもその中に智哉さんはいなかったから」

「ああ、学院の宣伝活動をしに街へ行くことですね。僕は行きません。というか、外には出られません。禁止されています」

「え？」

芽衣子は飲んでいた紅茶のカップを置いた。

「久津見からの言いつけで、僕は外には出られないんです」

「どうしてですか？」

そう聞かれて、智哉もなぜだろうと疑問に思った。初めての疑問だった。

「どうして……ですかね？」

芽衣子が可愛らしく吹き出した。

「私が聞いているのに」

「あ、ああ、そうですね。でも本当に、なんで僕は外に出ちゃだめなんだろう？」

「まさか、一度も？」

「はい、出たことがないですね。言われてみれば」

芽衣子は怪訝《けげん》そうに智哉を見つめた。

「記憶がないことと、何か関係があるのでしょうか？」

「さぁ、どうでしょう？」

「だって変ですよね。それじゃまるで、軟禁されているみたいです」

言われてみれば軟禁状態に近い。

疑問に思うどころか、芽衣子にそう指摘されるまで気づかなかった。

智哉は首を傾げた。

「どうしてそんなふうに扱われているんですか？」

「さぁ……」

「この間、記憶喪失と言っていましたけど、この学院に来た経緯というか……、そういうことも、覚えていないんですか？」

智哉は頷いた。この学院は親に捨てられた孤児を受け入れることもあり、自分もそういった経緯ではないかと思っていた。

芽衣子がテーブル越しに身を乗り出す。

「だとしても、智哉さんのこと、物のように扱っていいわけではないです。一度、シスター久津見に聞いてみたらいいんじゃないでしょうか？」

「はぁ……それもそうですね」

「あっ、私なんかが偉そうに言ってすみません」

智哉は首を振った。

「いいえ、ずいぶんと僕のことが気になるのですね」

芽衣子の頬が赤くなった。

「そ、そういうわけではないのですが……あ、あの、私に姉がいまして、でも家の事情で家出してしまって」

「それは……消息不明なのですか？」

「いえ、連絡は取り合えています。今全然違う町で一人暮らしをしているんですけど……ただ、親とか家族ってなんだろうって、最近疑問に思うことが多くて。智哉さんは記憶がなくて……親を恋しく思ったりすることがあるのかなって」

「さぁ。そもそも親がいないという認識すら普段はしないですから……芽衣子さんはご両親のことを恋しく思いますか？」

芽衣子は少し躊躇《ためら》ってから小さく首を横に振った。

「正直、分からないです。お姉ちゃんが家出した理由も親がだらしなくて借金ばかりして、お姉ちゃんの学費に手を出したからなんです。私もいろいろ辛いことがあって、でも親だしって思って……」

「身売りを承諾されたのですよね」

「はい。でも最近はちょっと、変だなって。こんなこと、なんだか変だなって」

今まで疑問に思うことなく流されてきたのに、おかしいと気づき始めている。それは智哉と出会ったからだ、と芽衣子は思った。

智哉はそんな芽衣子を見て、久津見の言うくだらない情が湧いてしまう。

レッスンを中止にしたほうがよいのでは、と。無論、そんなことはできるはずがないのは分かっているが、それでも芽衣子が嫌なら、しばらくしなくていいと思った。

「今日のレッスンはどうされますか？」

「……やります。受けさせてください」

お互い手を握り、ゆっくりと唇を重ねる。

「んちゅ……ちゅっ、ちゅぷ、れる……ん、んん……ちゅっ」

「相手に急に求められても、嫌悪感を抱かないように慣れてくださいね」

「ふぁ……はい。んちゅ……ちゅぷ、ちゅっん……んん」

(智哉さんとレッスンを受けたときから嫌悪感なんてなかった。精液だって今はきっと飲めるわ)

芽衣子はレッスンを休んだ日、智哉のことばかり考えていた。

この学院における立場やこの仕事のことを、智哉自身はどう思っているのか知りたかった。そして智哉の考えや答えで失った記憶を少しでも思い出すきっかけにならないか、と。

ただ、なぜここまで智哉のことが気になるのか、芽衣子自身よくわかっていなかった。

「んちゅ、ちゅ、ちゅる……くちゅ、ちゅっちゅぷ、ぺろ……はぁ……ん、れろれろ」

(すごいいやらしいキスをしてる……智哉さんの舌と絡めて……こんなにいやらしいことをしているのにちっとも嫌じゃない。それどころか、もうアソコが……)

また下着に染みができてしまう。それどころか、もしかすると臭っているかもしれない。

芽衣子は、自分が濡れることにあまりいい気はしていなかった。

大人になった証拠だと言われても、粘りけのある透明な体液はアソコがネバネバして不快になって、汗ともおしっことも違う妙に酸っぱい匂いがしたからだ。そっと太ももの内側を擦り合わせてモゾモゾと動いてしまう。

だがそんな仕草は最早、智哉の興奮材料にしかならなかった。芽衣子が感じて濡れていることもわかっていた。

久津見の言葉を思い出す。本当ならもう少し時間を掛けたいところだが、さっさと合体しろとの命令だ。幸い、芽衣子は他の娘たちとは違い従順だ。キスだけでこんなにも感じている。するなら今である。

「……芽衣子さん、今日はいよいよ合体をします。そのためにはまずあなたに気持ち良くなってもらいますね」

「が……合体……といいますと、あの、智哉さんのお、オチンポが私の中に入るということでしょうか」

「その通りです」

いきなりのことで芽衣子は驚いた。だがそう遠くない日にセックスをすることは了承済みである。

(智哉さんに本当に抱かれる……どうしよう。はしたないくらい心臓がドキドキしている)

嫌な気持ちはなく、むしろこのときを待っていた、そんな気がする芽衣子だった。

「おっぱいを愛撫するので、服を脱いでもらえますか」

「はい……あの、少し後ろを向いていただけないでしょうか？　恥ずかしくて」

「それはできません。相手は必ず衣服を脱ぐあなたの姿を舐め回すように視姦するものですから、僕も同じことをします」

「しかん？」

「視線で犯す、といった意味です。あなたは見られながら脱がなくてはいけません」

芽衣子の顔が白い首まで赤くなった。

震える手でボタンを外しゆっくりと衣服を脱いでいく。少女の、服を脱ぐときの腰のくねりや伸びやかな両腕、段々と露わになる白い肌に興奮を覚える客もいる。智哉はそうした何気ない仕草も相手を喜ばせる材料になるのだと、芽衣子に説明をした。

芽衣子は恥ずかしいと思うが、そういうものなのだと納得をして、やがて下着姿だけになった。

顔は幼いのに胸や尻は立派に発育していて、そのアンバランスさに智哉も興奮する。これは高値がつくはずだと惜しみなく褒めた。

ブラジャーを取ると、真っ白で大きな胸が露わになった。

手コキやフェラチオのときに何度か見ているが、本当に揉み甲斐がありそうなたわわな胸だ。まん丸の胸の中央に薄紅色をした乳輪と乳首が、主張するようにツンと上向きに付いている。

「下のショーツも脱ぎましょうね」

「はい」

芽衣子は恥ずかしそうに目線を逸らして、前屈みになる。綺麗なバストが中央に寄せられて、こぼれ落ちそうだ。

そうして、そろそろとショーツを脱ぐ。白いショーツの真ん中辺りにはやはり染みが滲んでいる。見られたくないが、隠すと余計に広げて見られそうなので、そのままスルッと足から抜いた。

芽衣子の一糸まとわぬ肢体が露わになった。どこもかしこも柔らかそうで、今すぐに抱きつきむしゃぶりたくなる。だが芽衣子は視線に耐えきれず胸と陰部を手で隠した。

「隠さないでください。こんなに綺麗な身体をしているのです。特に胸はすばらしい。もっと自信を持って」

「で、でも恥ずかしいものは恥ずかしいです、綺麗とか、そんなのは……」

「自分のレベルを知っておくことも大切です。芽衣子さんは確実に男性が欲しがる恵まれた体型の持ち主なので認識してください。愛人を相手にしたときの自信や支えになります」

「そ、そうなのですか？」

「はい。あなたの身体はきっと美しいと褒められます。僕もそう思いますから」

智哉にそう言われると、胸が高鳴り隠していた手をそっと外すのだった。

やがて智哉の手が芽衣子の豊乳を揉みだす。想像以上に弾力がある。智哉はじっくりと時間をかけて芽衣子を高ぶらせていく。

「はぁ……ん、へ、変な感じがします」

「痛いですか？　ちゃんと言いましょうね」

「い、痛くはないです。あの、はぁ……智哉さんの手が私の胸を」

「おっぱいをと言ってください」

「は、はい。お、おっぱい。私のおっぱいを両手で掴んで……ゆっくり揉んでいます。んっ、上下に動かしたり……回すように手のひらで軽く揺すって、弄《いじ》って……はぁ……あ、そ、そこは……」

「ちゃんと言うのですよ」

「はい。私の乳首です。乳首を指先で摘《つ》まんでクリクリと弄られてます。あぁ……はぁ、はぁ、んん、いや……」

「嫌、ですか？」

「い、いえ、違います……乳首、指で弄られて、気持ちいいです。はぁあ、変な感じがします。乳首、赤くなって……はぁん、勃ってきました」

「芽衣子さんのおっぱいは、エロいおっぱいですね」

「はい、私のおっぱいはエロいです……エッチなおっぱいです……はぁ、はぁ」

「気持ちいいのなら、感じている証拠です」

「はぁ、はぁ、ん、私、おっぱいで感じてる……はい。おっぱいを愛撫されて感じてます」

芽衣子は初めて胸を異性に触られ感じていた。フェラチオをしていたときとは違う甘ったるい吐息や声が自然と漏れてしまう。自分の身体が性の喜びを感じ始めていた。

「はぁ、あ、あぁうぅん、おっぱい、気持ちいいです……はぁ、はぁ、あぁぅん」

「こちらも触りますね」

そう言うと、芽衣子を寝かせて陰部へ手を伸ばした。薄毛をかき分け愛液が滲んでいるスリットに触れる。途端、芽衣子の身体がビクンと跳ねた。

「ひゃうっ！　ん、あっ……！　指が…んんっ、そ、そんなところも、触るのですか？」

「もちろんです。男にとっても特別な場所ですからね。ほら、ちゃんと言ってください。ここはオマンコです」

「は……はひ……お、オマンコに指が……んっ！　ん、な、中に入ってきた……？　あ、いや……音が、します……ん」

智哉の指先が陰唇の中に入り込む。すると、滲んできていた愛液が、くちゅりと音を立てた。指先は誰も触れたことがない柔らかな肉壁を傷つけないよう、くすぐる。

「あっはぁ、んっ……！　はぁ、はぁ……ゆ、指がオマンコの中を……くちゅくちゅしてます……はぁ、はぁっあぁっあ、いやっああ、指……刺激が、強い、です……！」

優しく触れているのだが、初めてのことで芽衣子は泣きそうになった。気持ち良くて切ないのだろう。

「大丈夫、ありのまま感じてください」

「で、でも、あうんっ！　はぁ、あ、あっあっ！」

　指が膣口を撫でて、やがてクリトリスを触る。包皮に包まれた可愛らしい女芯だ。

「ひゃあうっ……！」

　一番感じる急所を突かれ、つい大きな嬌声が出てしまった。

「ひっ、あ、だめ、そこ……そこは、ああっ……！」

　クリトリスを指先で弾くと芽衣子は泣きそうな声を上げて悶えた。

「可愛いですよ、芽衣子さん。もっと感じましょう」

「ひいっ、ああ、はぁっはぁっ、指で、そこ……くちゅくちゅ、だめぇ……！」

（指が気持ち良くておかしくなりそう。こ

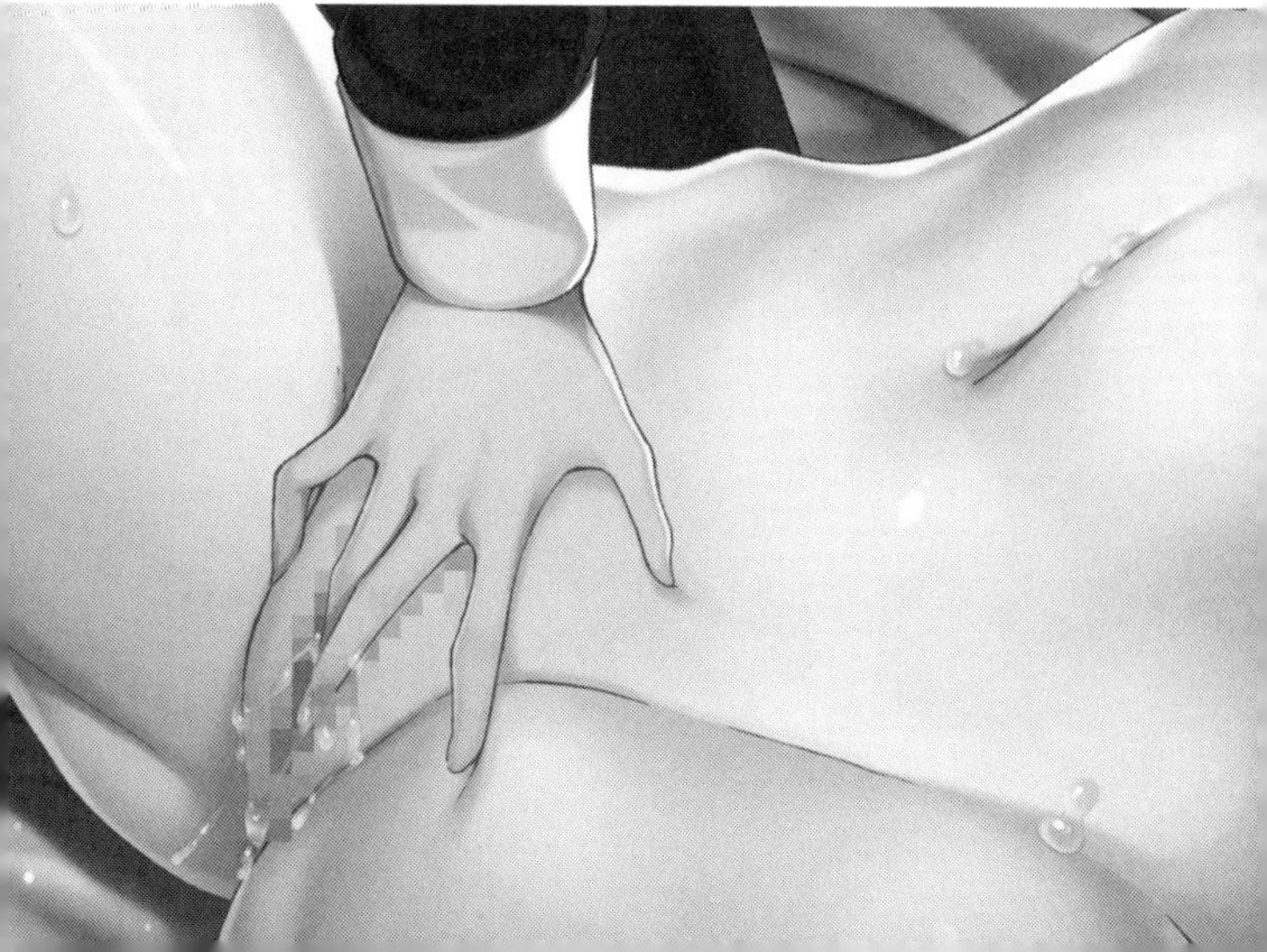

こ触るとこんなにも気持ちいいんだ！　それに、智哉さんに可愛いって言われて、私、喜んでる……！）

「キスもしましょうね」

「えっあ、んっ……！　んんっ、んちゅっ！」

智哉がキスをしながら舌を出すと、芽衣子はもう自然と自分の舌を絡める。互いの唾液を啜って舌を絡めながら深く口づけていく。

「んふ、んん、ちゅぶ、あっあっ、ああ、き、気持ちいいです……！　はぁ、はぁっ、んちゅ、ちゅぶちゅぶ……れろ、れろぉ……！　ちゅばっ、はぁん！」

（キスしながら、オマンコ弄られてる……もうだめ……！）

指先でじっくりとクレバスをなぞるように、入口を広げるように弄ると、愛液が洪水状態になった。やがて芽衣子の身体は自然と引きつったように跳ね、絶頂に向かう。

「ああ、だめ、だめ、です、とっ智哉さん……！　私……！」

「イキたくなってきましたね。芽衣子さんは今絶頂に達したいのです。いいですよ、たくさん感じて気持ち良くイキましょう」

「い、イク？　これが絶頂、イクっていうこと……！　は、はい、はぁ、はぁ、でも、どうすれば……」

「感じるままに、です」

智哉の指が、勃起しているクリトリスを突《つっ》くように触れた。途端、芽衣子の身体が大きく跳ねた。

「はぁああ……！　あっあっあーっ！」

全身を突っ張り、初めて訪れる絶頂の波を味わう。目がチカチカとして頭の中が真っ白になっていく。

(これがイクってことなのね……ああ、気持ちいい……！)

「あああああ……！　あっ、はぁっ！　はぁ……！　んちゅ、んんっ、ちゅっ」

芽衣子は初めての絶頂を感じながら智哉に積極的にキスをした。

芽衣子はキスをしたほうがさらに気持ち良く感じるのか、腰をくねらせ悶える。

「ああ、はぁあ～……ああん……！　ん、ちゅっちゅぷちゅぷ、んぅん……」

芽衣子の唇はやはり性感帯なのだと智哉は確信した。

やがて芽衣子は、智哉に導かれるように股間に手をやると男根を口に含んだ。

「ああ、いい。芽衣子さん、イキながら僕のチンポを扱いてます。いやらしいですね」

「はぁ、はぁ、ふぁ、あむ、ん、ら、らって、気持ち……よくて……あ、オチンポ、大きくなってきました……ん、ちゅぷ、れろ、ぺろぺろ……ちゅぷ、ちゅう」

口の中で舐り、手でも扱くと、ガマン汁が滲んでくる。それをこぼさないよう、芽衣子はしゃぶり続けた。

「はぁ、あはぁ、ちゅぷっはみゅ、んん！　ちゅっ。はぁ、はぁ、オチンポ、熱くなって……硬いです。大きいです」

「はぁ、はぁ、そんなこと言われたら男はきっと……」

智哉は自分も興奮し、嬉しく思っていた。芽衣子の柔らかな唇と手先が器用に竿を扱いて緩急をつける。もう慣れたものになっていた。

「んんっ、はぁっんちゅ、ちゅぶ！　はぁっ、はぁ、んん……ちゅぷっちゅっ」

智哉はこのまま絶頂に達しそうになったが、合体をしてより濃い精液を、芽衣子の中に注入したいと思った。

「芽衣子さん、そろそろ合体をします」

「ふぁ、は、はい……ん、ちゅっ」

そっと唇を離す。智哉は横たわっている芽衣子の体勢を整える。最初は正常位が良いだろうと思う。

芽衣子の両足の間に身体を入れ、十分に濡れている膣口へ亀頭を押し当てた。

こんなにも膨張している、芽衣子さんと繋がることが嬉しいのか……と智哉は少し驚いた。赤黒く腫れて反っくり返っているエラに芽衣子の愛液を塗る。そしてもう一度膣口にあてがった。

「では、いきますね」

「はぁ、はぁ……お、お願いします。あなたのオチンポを私のオマンコに入れてください」

(私、とうとう処女じゃなくなるんだ。神様、許してください。もう、気持ちが抑えられません。これはレッスンで、智哉さんとは違うオチンポを受け入れなければならない。だけど、一番最初は智哉さんを受け入れたいのです)

智哉は体重をかけ、中にゆっくりと侵入していく。薄い花弁が亀頭に絡みついてくる。智哉は喉を鳴らし、最奥を目指す。

同時に芽衣子は膣口から鋭い痛みが走るのを感じた。

「あっ……いっ……? ああっ……あっ! ん、ぐっ……いぅう!」

「なるべく力を抜いて。強ばると余計痛いです」

「は、はい、い、ひっ……うん!」

(何これ、すごい痛い。中に異物が入るってこんなに痛いのね……でも……智哉さんのオチンポだから……がんばれる……)

芽衣子は難しいがゆっくりと身体の力を抜いていく。すると十分に濡れている蜜壺は男根を受け入れて、ぬるりと飲み込んでいった。

「はぁあーっ……! あっ……んんんーっ!」

ペニスの先が抵抗ある薄壁を突破して、行き止まりにたどり着く。芽衣子の中の真新しい肉壁がペニスを擦って締め付けてきた。

「くっ……はぁ、入りましたよ」

「はぁ、はぁ、わ、私……」

「はい、処女じゃなくなりました」

　その言葉に、なぜだか少し涙が浮かんでしまった。

（本当に入っちゃったんだ。あんなに大きなオチンポが私のお腹の中に。でも智哉さんのオチンポが一番最初でよかった）

　しばらくすると、芽衣子の様子は落ち着いてきたようだった。

「大丈夫そうですか？」

「はい……はぁはぁ……大丈

夫だと思います……ふぅ……」

「これが、チンポの感触です」

智哉は小さく腰を揺すった。

「んんっ……！　あっ、はぁっ……はぁあはぁ……」

「回数を重ねるうち、自然と慣れるとは思いますけど」

「はい……はぁはぁ……んんんっ……はぁあっ……」

芽衣子の女性器はかなり具合がいいようで、じっとしていても、自然と快感が込み上げてきた。

性器も人によってかなり違う。相性が悪いと、こちらもうっかり気を抜けず、ペニスに力を入れ続ける必要がある。

芽衣子の場合、そんな必要はないようで、智哉のペニスは自然と脈を打っていた。我を忘れないようレッスンを続けないといけないが、何も考えず腰を振りたい衝動に駆られる。

「そろそろ動いてみますね」

「はぁ、ン……はい、お願いします」

破瓜の出血も見られるので、最初のうちは小さく動く。

芽衣子の内部はやはり気持ち良く、小さい動きでもペニスに強い快感があった。

この気持ちのいい柔肉の中で、思い切り果てたい……と、自然とそんなことを思わせる、極上のオマンコだ。

「んんっ、はっ、あっ、はぁはっ、ああっ、はぁんっ……」

表情からすると、痛みはだいぶ薄れているようだ。智哉は様子を見つつ、次第に大きめの動きも交ぜていった。

「んんっ、あっ、はぁはぁっ、ああっ、あっ、はぁあ……！」

(すごい……ぬるぬるのオチンポが、出たり入ったりしてほんとにいやらしい。オチンポがあんなに濡れているのは、私のオマンコが濡れているってことなんだよね。音もいやらしいよ。ぬちぬちって、エッチな音、してる)

芽衣子は確実にペニスを感じながら、抜き差しされている動作に興奮した。

赤黒く腫れ上がった男根はリズミカルに膣内を衝《つ》く。

初めは辛かった痛みが遠のいて、今はお腹の中からジンジンと湧き上がる疼きが気持ちよかった。

「あっはぁ、あっ……んっんっ……！　はぁ、はぁあっ」

智哉はわざと腰を引き、浅く衝いたかと思うと、奥深く差し込んでえぐるように腰を動かした。

「ああ、あぅうん！　はぁ、い、いぐっ……ん！」

「痛いですか？」

「はぁ、はぁ、い、いえ、痛みは……もう……んん、はぁ、あうっんっん……！」

「僕は、気持ちいいです。はぁ、んっ、芽衣子さんのオマンコ……」

「ほ、本当ですか？」

ズンズンと腰を突くと、ペニス全体を掴んで放さないみたいに肉壁が絡みつく。その引っかかりが気持ち良かった。

「わ、私も、初めてなのに、オチンポ、気持ちいいです。オマンコの中、擦られて……んくっ、あ、あっ、ずんずんって、衝かれるの、いい、です」

智哉が芽衣子の身体を抱き寄せるように衝く。すると、芽衣子も自然と手足を絡みつけた。密着すると芽衣子の大きな胸が潰れて擦れる。互いの乳首が擦れ合って気持ちが良かった。

「く……芽衣子さん……」

「と、智哉、さ……ああ、はぁ、はぁっ！　ああん！」

知らぬ間にお互いの腰の動きが連動する。

「はぁはっ、いいいっ！　はぁ、もっと！　オチンポもっとしてぇっ♥　はぁあぁっ、あぁあぁーっ！」

芽衣子は気がつくと、あられもない言葉を口走っていた。

「はぁ、うっ……僕も気持ちいいですっ……チンポでイケそうですか？」

「はい、ふあぁっ♥　わ、私、んんっ！　オチンポでイッちゃいます♥　あぁあっ、あなたのオチンポで、あぁ、ぁあああーっ！」

「イクときは、イクって言ってください」

「うんっ、ふああっ、ああっ♥　あぁあっ、もう、ほんとにきちゃいます、はぁあっ、ああっ、あああぁーっ！」

「僕も一緒にイキます。膣内《なか》に出しますね」

「は、はい！　んん、あぁっ、はぁ、ああー♥　オマンコ、いいですぅ♥」

「くぅっ、はぁっ締まる……！」

芽衣子の腹が勝手にぎゅーっと動き、中のペニスをいっそう締め付ける。智哉はレッスンを忘れて夢中で腰を打ち付けた。芽衣子の身体が人形のように弾む。

「あっ、あぁあーっ、もうだめぇ♥　ふああっ、ほんとにイッちゃう、あぁっ、あぁっ、あぁあぁあーっ！」

「僕もイク……！　膣内《なか》に出すよ……！」

「はっはひっ！　ふあぁあっ膣内《なか》に、あぁあっ、膣内に出してください♥　あぁあっ、ふあっあぁあーっ！　イク……！　きちゃうぅうううん！」

芽衣子の嬌声とともに、ペニスが爆《は》ぜた。搾り取られる感触を味わいながら存分に射精をする。

「はぁああん！　あぁあーっ……な、中、熱い……！　はぁっ、あぁああっ……！」

「くぅうっ、ううっ！」

締め付けたり緩めたりする肉壁に包まれ、ペニスが強い脈動を続ける。

智哉も芽衣子も、心ゆくまで快感を味わった。

やがて、射精が終わっても二人は抱き合ったままだった。

智哉は優しくキスを繰り返し、芽衣子もそれを受け入れた。

「とてもステキでしたよ」

「はぁ……ん、ちゅ……嬉しいです……」

(本当に、智哉さんに抱かれたのね。仕事だとわかっていても、やっぱり嬉しい)

智哉はゆっくりと身体を起こすと芽衣子からペニスを抜いた。そして、芽衣子の口元に当てる。

芽衣子はそれが何を意味するのかわかった。舐めて綺麗にするのだ。

「はい、オチンポをお口で綺麗にします。ちろ、ぺろ……はみゅ……ん、ちゅぽ、ちゅぽ……ちゅぷっ」

射精したばかりのペニスを舐められる。ゾクゾクとする快感に智哉はうっとりとした。

「あぁむ……んっ、んぢゅる……んじゅぅ……じゅぷ、んじゅぅ……」

淫液でべとべとなのに、躊躇いなく舐め取っていく。やがてひと通り綺麗にすると、最後に尿道に残ったものを優しく吸い出した。

「んちゅ……んちゅうぅっ……ぢゅぅ……んんふぅ……ん……こく……こくん」

精液も迷いなく飲み込めた。

「芽衣子さんは本当にいい女ですね……」

智哉が頭を撫でると、芽衣子は嬉しそうに笑んで、頬を赤らめるのだった。


レッスン後、智哉は芽衣子に錠剤の薬を差しだした。

「これは……？」

「アフターピルです。行為の後に服用しても効果があります。そして今後は、こちらの通常のピルを飲んでください」

（ピル……避妊薬だ……）

「忘れないようにしてくださいね。もし妊娠でもしたら、芽衣子さんの契約が解除される恐れがありますから」

芽衣子は今までの夢心地から一気に現実に戻された気がした。

初めて智哉に抱かれたが、いずれ自分は売られる身なのだ。そして刻一刻とその時は迫っている。

芽衣子は返事をして、すぐに錠剤を飲み込んだ。

着替えをしていると、智哉は軽い目眩《めまい》のようなものが起きた。足下がふらついてテーブルに手を突く。

――そろそろか。

「智哉さん？　どうかしたのですか？」

「いえ、なんでもありません。それより芽衣子さん。今後のレッスンですが二週間ほどお休みします」

「え？」

何の話をしているのか分からず、聞き返す。もしかして処女喪失の痛みを和らげる期間なのかと思う。

「たぶん、すぐに痛みは治まると思いますけど……」

「ああ、いえ。もちろんその心配もありますが、僕の都合でお休みするのです」

芽衣子は小首を傾げて疑問を投げかけたが、智哉は困ったような笑みを浮かべるだけで明確な答えはなかった。

◆◆

「ようやく合体したの。そう、それは良かった。反応はどうだった？　痛がっただけ？」

「いえ……オルガスムがありました」

「イッたの？　ホホ、それはそれは」

芽衣子と合体ができた数日後、智哉は久津見に呼ばれて、彼女の書斎にいた。

「芽衣子チャンたら本当に最高の女の子じゃない。顔も可愛い。体つきもエロい。おまけに、初めてのエッチからイッちゃうくらい、感度も抜群……契約の更新は一年ごとだからね。そこまでイイ女なら、一年後には最高値も更新だわ」

久津見は進捗に満足したのか安心したように言う。

「あの……少し質問してもいいですか」

久津見は答えず智哉を睨む。

「芽衣子さんの両親ってどんな方々なのですか？」

「はぁ？　今頃そんなこと聞いてどうするのよ？」

「ただ知りたいだけです」

「あんたね、売り物の女の子とは無駄話するなって、口を酸っぱくして言ってるでしょう」

「…………」

「ったく、都合が悪くなると、すぐ貝みたいに黙るんだから……どんな人間なのか知るわけないでしょ。でも娘を自分たちが勝手に作ったギャンブルの借金で売り飛ばすくらいだから、ろくでもない大人ってことじゃないの？」

「やはり……」

「娘を売り飛ばして欲しいとここに来たときも、最悪だった。薄汚い服を着て裸足にビーチサンダルを履いて……二人とも風呂に入ってないのかやけにくっさいの。明らかに働いてないわ。目だけは異様にぎらついていた。フン、まさに底辺のクズよ。あんなのからよく芽衣子チャンが生まれたもんだわ」

　久津見は智哉の顎に指を当て自分に向けさせる。

「それで？　何？」

「もし芽衣子さんが契約解除されたら、両親の元へ返されてしまうので、どういった家庭環境なのか気になって」

「はー？　あんたは契約解除されるような手抜きのレッスンしてるわけ？」

「いえ、そうじゃありません。でも万が一……」

「契約解除になった時点で、女たちはある意味終わるんだよ」

ゾッとするような声で言われる。智哉の背中に冷たい汗が流れ落ちた。

「あんた何ムキになってるの？　たかが売り物でしょう？」

「ムキになんか……」

「だから、余計な口はきくなって言ってるのよ。あれからというもの、何度言ってもあんたは直らない」

「あれから、というと？」

該当するような事柄が、智哉にはない。もしかして記憶を失う以前の話だろうか。だが、久津見は口の端をねじり上げただけで答えなかった。

「あの娘は中身なんてないんだよ。クズ親に泣きつかれて売られることを承諾した、ただのアホだ。親元に帰されたって何も変わらない。また流されて生きるだけだよ」

流されて……智哉は自分もそうだと思う。

芽衣子と話をするまで、この学院にいつからいるのか、なぜ自分が少女たちにレッスンをしているのか、どうして外に出られないのか。意味も分からないまま今まで来ている。記憶がなくても気にしていなかった。

それなのに今は違う。自分のこと、芽衣子のことが心配に思えていた。

「話はそれだけかしら？」

「あともうひとつ。僕はなぜ外に出られないのでしょうか？」

久津見の整った眉がぴくりと片方だけ動いた。

「べつに出なくても不自由してないでしょうが？」

「それは、そうなのですが……なぜ外出禁止なのか不思議で」

「はぁ～、だから売り物と下らないお喋りするなって言ってんのよ。なぜもクソもない。あんたは外に出られない、それだけよ」

「…………」

智哉は尚も食い下がろうとしたが、久津見の睨む目がそれを許さなかった。

しばしの沈黙の後、諦めたと知った久津見は智哉の顎から手を離した。

「ところであんた、そろそろね」

「あ……はい。また二週間ほど休みます」

「はぁ～、先に合体できてよかった。もういいわ」

久津見はそう言うと、また蝿を払うようにして出て行けと指示した。

部屋に戻りながら智哉は考えていた。売られていく少女が内心何を思っているのか考えたこともなかった。そういうことは、自分の視界の外にあった。

「疑問に思わなかったことが今、津波みたいに押し寄せてくる……」

学院内に鐘の音が響き渡る。

頭痛がするのか、智哉はこめかみを押さえた。

(前に何かあったのか？　シスター久津見が言っていた、あれから何度言っても僕は直らないって、なんのことだろう？　あれから、とはいったい？)

ふと愛美璃の姿が頭に浮かぶ。

そうだ、彼女と会ってから、なんだか急に周りを認識しだしたんだ。ここは僕の部屋で、学院の中で、レッスンするのが僕の仕事で……。

それまでは白黒の世界にいて、急にカラフルになった。そして芽衣子と出会い、忘れていた疑問を抱くようになった。

「僕はいったい何をしてきたんだろう。そしてどこから、どこへ……？」

智哉は、常に靄が掛かったような頭の中を、なんとか晴らしたい……そう思い始めるのだった。

◆◆

芽衣子は智哉の書斎をのぞき込んだ。だがここにもやはり姿はない。

　レッスンが二週間休みになったが、まさか智哉の姿も見えなくなるとは思っていなかった。地下のレッスン室に行ってもいない。

「どこで休んでいるのかしら」

　外には出られないと言っていたので、この学院のどこかにいるはずなのだが。

「あら……」

　教会堂から出ると、不意に声を掛けられた。久津見である。

「ご、ごきげんよう、シスター久津見様」

「ごきげんよう、芽衣子さん」

　他に歩いている学生がいるので久津見は表向きの笑顔を浮かべた。

「熱心にお祈りですか？　良いことですね」

「は、はい……あの、シスター依子様はどちらに行かれたかご存じないですか？」

　久津見の笑顔は崩れないが、声はワントーン低くなった。

「さぁ、所用があると仰《おっしゃ》ってましたが、プライベートなことなので詮索しかねます」

「そ、そうですか……そうですよね」

　諦めたように言うが、芽衣子の大きな瞳は納得してないというふうに久津見を見つめる。

　その瞳の奥に、今までの芽衣子にはなかった色が浮かび上がって見えた。

　久津見は口角を無理に捻り上げて笑顔を保つ。

「あなたが気にすることではないですよ？」

「は、はい……でも、あの……」

久津見は張り付いた笑顔のまま芽衣子に近づいて、耳元で囁いた。

「可愛いわね、早速彼女気取りかしら。セックスしてくれる相手がいなくなって欲求不満なの？　フフ、なんなら私が相手をしてあげましょうか？」

冷たくゾッとするような声で言われ、芽衣子の身体が強ばった。

「智哉は病気よ。月の半分は寝込んでしまう世にも恐ろしい病気なの。可哀相でしょう？」

冗談とも本気とも取れる言い方に、ますます寒気を感じる。

「は、はい……」

恐ろしい気配が芽衣子を包み込んでいく。それはまるであの黒猫の存在のように邪悪で悪意があって、なんともいえない不穏なものだ。

芽衣子は恐ろしさのあまり、その場で立ちすくんだまま目を瞑《つむ》った。

久津見は続ける。

「芽衣子チャン……だめよ？　あんたにはもう買い手が付いてる。あんたはもう身も心もゲスい愛人のものなの。智哉のことはどうでもいい。わかった？」

芽衣子は答えられず、小刻みに頷くしかできない。

「忘れないでね。毎晩寝る前に復唱しなさい、私は愛人に買われたはしたない娘だって。売約済みのどうしようもないスケベな娘だ、まっとうな人生なんて歩めない……って。返事は？」

引《ひ》き攣《つ》る喉から声を絞り出す。

「は……はひ……毎晩、復唱、します」

「いい子ねぇ」

久津見は満足げに笑むと、芽衣子から顔を離した。

「それではごきげんよう、芽衣子さん」

「ごっごきげんよう、シスター久津見様……」

芽衣子は、久津見の足音が遠ざかるまでその場から動けないでいた。


夜になった。

芽衣子は自分の部屋の窓から学院の中庭を見る。

いつもなら智哉とのレッスンが終わって、同じ部屋で生活をする友達に気づかれないよう風呂に入っている時間帯である。

「病気……二週間もほぼ寝たきりになる病気って、いったい……」

ふと窓から見える森の向こうに目をやる。いつも気になっていたものがあった。

それは木でできた櫓《やぐら》のようなものだった。

ほんの少しだけ遠くに見えているのだが、あれはいったいなんだろうと思う。

学院の敷地内にあるなら、見に行っても問題はない。芽衣子は一度見に行ってみようと思った。智哉も誘ってみよう、とも。

欠けた月が中庭を照らす。その中にシスターたちが列をなして見回りをしていた。

改めて見たことはないが、こうしてみると少し不気味に見える。

シスターたちの顔がなんだか皆同じだ。そんなはずはないのに暗がりのせいなのか、同じ顔の人間が微笑んだまま歩いて行く。

「同じ顔の同じ人間がゾロゾロと……」

芽衣子は自分でそう呟いて怖くなった。慌ててカーテンを閉める。すると、ちょうど友達が外から戻ってきた。

門限ギリギリだった、欲しかった服が買えて、カフェではかっこいい男の人にナンパされたなど、外出して楽しかったことを話す友達。同年代の、当たり前の日常だ。

だが芽衣子はもう遠く離れた、異世界のような場所にいた。

もともと外出は少なかったが、本屋巡りはしていた。それももう好きにはできない。

愛人というレッテル、処女を失ったレッテルが背中に張り付いている。

(それでも智哉さんがそばにいれば平気だった)

孤独を感じないで済む。自信をくれる。何より、自分が智哉の側にいたい。

親に泣きつかれ、流されるがままにここまで来たが、芽衣子は生まれて初めて抵抗をしたかった。

こうではない、そうするべきではない、という思いが日増しに強くなる。

(智哉さんに会いたい、抱かれたい。そして、この現状をどうにかしたい)

どうにもできないことはわかっている。それでも、そう願わずにはいられなかった。

久津見は苛立った様子で理事長室の扉を開けた。

「まずいかもしれない」

理事長は薄ボンヤリとして、今起きたかのようなおぼつかない様子で久津見を見た。

「あぁ……智哉のことかい？」

「智哉もそうだけど、あの芽衣子って娘、どうも智哉に惚れたみたいだわ。あの日……クソ忌々しい」

久津見は舌打ちをする。

いつかレッスン中にこうなる日が来るのではないか、と危惧していた。だが、それがよりによって史上最高値がついた芽衣子だとは誤算である。

「なるほど。二人の相性が良かったんだねぇ」

「レッスンする智哉を誰かと交代させたい」

「無理だね、そんなことは……あれ以来智哉は変わった。遅かれ早かれこういう事態になっていた。ただ芽衣子という娘が、早めてしまったんだ」

「わかっている。明らかに智哉は以前と変わって……今回は失敗するかもしれない」

理事長は頷く。

失敗するね、失敗してしまうね、そんな言葉を呪文のように二人は繰り返す。

やがて久津見が静かに言った。

「あれはもう……」

——捨てないといけないわ。

第三章 逃亡

智哉は目を覚ました。頭がひどく重く痛む。いつもそうだ。

智哉は二週間ごとに、二週間ほど昏睡状態に陥る。原因は分からない。そして二週間後、目覚めると必ず頭が痛むのだった。

「起きた？」

自分の隣を見ると愛美璃が添い寝をしていて、優しく微笑んでいた。

「うん」

「お疲れ様」

何に疲れているのか分からないまま、智哉は頷いた。

愛美璃の手作りご飯を食べると、頭痛は少しマシになる。

「今日からまた芽衣子さんのレッスンね」

「そうだね。彼女は、元気だったかな」

「ええ。でもあなたがいなくて、とても寂しそうにしていたわよ」

そう言われて嫌な気はしないが、芽衣子の感情が分からず、少し困惑する。

「ふふ、あなたが出荷される女の子のことを気に掛けるなんて、初めてね」

「そう……だったかな」

智哉は自分が照れているのが分かって言葉を濁す。

記憶を失ってから初めての感情だった。

朝食後、智哉は久津見の部屋に行き、レッスン再開することを告げた。

久津見はいつものように邪魔くさそうにあしらったが、智哉が部屋を出て行くときに「何度も言うけど、くだらない考えを起こすんじゃないよ」と念を押すように言った。

それが何を意味するのは、智哉は分からないまま芽衣子に会いに教会堂へ向かう。

「智哉さ……し、シスター依子様……！」

他に学生の姿があったので、芽衣子は遠慮がちに、それでも嬉しさを笑顔で表しながらやって来た智哉に駆け寄った。

その行動は智哉をますます困惑させるものだった。

(出荷される身なのに、なぜ僕に会いたいと思うのだろう。そして、僕もどうして芽衣子さんに会えて嬉しく思っているのだろう)

「もうお身体のほうは大丈夫なのですか？」

「はい、おかげさまで」

教会堂の中は声が響くので小声で話す。

「よかったぁ……シスター久津見から聞いたのですが、昏睡状態で眠っていると聞いたので心配していました」

「そうですか」

芽衣子は頬を赤らめ、瞳を潤ませて智哉を見つめる。

(こんな表情を見せる女の子は今までいなかった)

智哉はやはり困惑したまま、芽衣子にレッスンの話をした。芽衣子は今すぐで大丈夫です、とはっきりと答えた。


二週間ぶりに地下室に行くと、黒猫がいた。いつものように二人を監視するかのように見つめている。

芽衣子は気になったが、それより、智哉に抱いてもらえる喜びのほうが気持ちが上回った。自ら衣服を脱いでベッドに横たわり、智哉を受け入れる。

(レッスンなのに、私、とても喜んでいるわ)

「ドキドキしています」

「二週間ぶりだから、ですか?」

「はい、きっと……」

「では、まずはリラックスするためにキスをしましょう」

「はい……キスをします……ん、ちゅ……ちゅっ……んちゅ……」

芽衣子から唇を重ねていく。智哉はそれに優しく答え、芽衣子のふっくらと柔らかい唇に舌を這わす。

「ん、んっ♥……はぁ……あ……ん、くちゅ、ぺろ、ぺろ、れろぉ、ちゅぷ」

（ああ、智哉さんのキス、嬉しい。身体がすぐに火照ってしまう……私は愛人に売られていくのに。でも本当にそれでいいのかしら）

キスを続けながら、智哉の手は豊満な乳房を弄《いじ》る。上下に揉みしだき、乳首を摘まんで刺激を与える。その愛撫だけで芽衣子は愛液を滲ませた。

「んっはぁ、あ、あ……おっぱい、揉まれてます……はぁ、あん……」

「キスを続けて」

「は、はい。んちゅ、ちゅ、ん、んっ、ぺろぺろ……れろ、ちゅぷ、んん、はぁ、乳首気持ちいいです」

「すっかり赤くなって勃起していますよ」

「はい……乳首、弄られて勃起しています……感じています……ん、あ……ちゅっ、ちゅぷ、れろ……」

指の腹で乳首を擦る。キスの合間に乳首を舌でそっと舐めると、芽衣子はますます嬌声

を上げた。

「ああ、ん、おっぱい、吸われてます……」

「はい、美味しいですよ」

乳首を舌先で転がして遊び、乳房ごとむしゃぶりつく。

やがて智哉の手が下腹部に伸び、淡い茂みに触れる。そこはもうキラキラと光る透明な愛液がクレバスから溢れ出ていた。

「ここもしっかり愛撫しておきますね。久しぶりですから」

「あっ、あぁあっ……！　あ、あなたの指が……私のアソコに……あっ、はぁんっ」

「どこですか？　ちゃんと言って」

「は、はい、んっお、オマンコ、です。オマンコの入り口を……指がなぞって……あぁっ」

「オマンコがもうぬるぬるですね」

二本の指が大陰唇を広げ、赤い襞を中指で撫で回す。芽衣子の腰が浮いて身もだえる。

「あぅっ、ううん！　はぁ、ああ、指で、オマンコの中、弄られてます……！　はぁ、あっあっー」

「おつゆが僕の手にとろっとこぼれてきます」

「はぁ、ああ、んっ！　は、恥ずかしい、です……はあ、はあ」

「はい、はぁっ、指、気持ちいいです、んんっ、はぁ」

「気持ちいいですか？」

「中も、ほぐしますね」

「んっ、んんんーっ……！　ああっ」

襞肉を弄っていた智哉の指先が膣口に降りてきた。周囲を解すように揉んでからゆっくりと窪んでいる穴へ差し込んでいく。

芽衣子は異物が挿入される感覚に思わずしがみついた。

「あっああ、うっ……ふっ……ううん！」

「すごいです。芽衣子さんのオマンコ、指を締め付けてくる」

「や……はぁ……！　はぁはぁっ、んんんっ」

芽衣子は肉棒を挿入されたことを思い出して、ますます膣口を締め付けた。だがこれでは物足りない。もっと大きくて熱くて硬いものが欲しい。

智哉の指が抜き差しするたびに卑猥な音が鳴る。

「はぁはっ、んちゅ、んんっ、はぁ、あぁ、もう、オマンコの中が……ドロドロです」

「そうですね。ここも、大きく膨らんできました」

膣穴から指を抜くと、今度はぷっくらと勃起しているクリトリスを指先で捏《こ》ねた。途端、芽衣子の身体がオモチャのように跳ねた。

「はあああん！　ああ、だ、だめですぅ！　そこ、そこは……ああ、んんん！」

「ちゃんとお口で言いましょう」

「はぁっ、いっ……くっ、クリトリス、触られると、私、もうイッてしまいます……！」

智哉は頷くと、芽衣子のクリトリスを指先で磨くように擦った。

「あああ～！　だめぇええ……！」

「イッていいですよ。すぐにチンポを入れてあげますね」

「はっはひ、嬉しいぃいいっ、はぁっあっあっ、だめ、イク、イキます……はぁっん！　指でクチュクチュされてるの、気持ち良くて、イキます……！　ああー！」

芽衣子は汗が光る身体をくねらせて、絶頂に達した。

ビクビクと痙攣して余韻に浸る。智哉はすぐに足の間に身体を潜り込ませて、愛液が溢れる蜜壺へ、肉棒を差し込んだ。

「ああっ！　はぁあああん！　らめ……！　そっそんな、すぐにオマンコにオチンポ入れちゃうなんて……はぁん、またきちゃいます！　イク、イクぅ！　はぁあああああ！」

芽衣子の絶頂とともに、膣穴が締まる。

智哉はレッスンを忘れて、夢中になって腰を振った。

柔らかな襞が幾重《いくえ》にも亀頭や竿を包み込んで、絞ってくる。激しく腰を打ち付けると芽衣子も自然と動きを合わせて尻を振る。じゅくッ、じゅぽッと二人の結合部分から水音が地下室に鳴り響いた。

「はぁっはぁっ、あんっ！　い、いい……！」

「何が、いいですか？」

「オチンポ、気持ちいいです……！　奥まで、オチンポが届いて、ズンズンって中、衝《つ》かれて、はぁっはぁっ、ああ、また、いっイキそう……！」

腰を大きく回し、蜜壺をかき混ぜるようにして衝くと、芽衣子はまたアクメに達する。

「はぁ、くっ……はぁ、いい感じですよ、芽衣子さん。僕もイキます」

「はぅ、あ、はひっ……！　ふあうんっ！　わ、私のオマンコでイッてください！　たくさん、精液、オマンコに、出して……ああ、はぁああん！」

智哉は膣の最奥を目指して、浅く衝いていたのを再び深く腰を入れてピストンを始めた。

芽衣子の大きな胸が汗を滴らせて上下に激しく動く。

その胸を鷲掴みにしながら、智哉は溜まっていた精を放った。

「ああああああん！　はぁあああ～～～！　あああっ、はぁっ、はぁん！」

芽衣子は盛大に声を上げると、膣内に射精されながら何度目かの絶頂を迎えたのだった。

芽衣子は智哉と一緒に部屋の浴室にいた。湯船に浸かり、智哉の上に跨がってペニスを受け入れる。

「あっ……あぁあぁあっ……！　入ってくる……オチンポ♥　んんぅんんっ……！」

芽衣子はゆっくりと腰を落として、湯船の中でのペニスの挿入に身体を震わせた。

「あっ……はぁはぁっ……んんんっ……はぁあ……！」

ベッドでの挿入とはまた違ったペニスの感触だ。芽衣子は腰が軽く浮いているのを感じた。そこへ下から智哉がズンズンと衝き始める。

湯船の中だからか、ダイレクトに衝かれているのに、快感はじわじわとこみ上げてくる、そんな感じだ。

(どっちも、すごく気持ちいい……！)

智哉がキスを要求して、答える。互いに舌を絡めて唾液をこぼした。

「あ……ん、ちゅく、ぺろ、ぺろ……んふっはぁ、はぁ、ああ、んっ！　オチンポ、すごいです……♥　はぁんっ！　きっ、気持ちいいです♥」

「僕も気持ちいいですよ。芽衣子さんのオマンコは本当に最高です」

「嬉しい……！　あん！　あっあんっ！　ん、ちゅ、ちゅぷっん！」

抽迭《ちゅうてつ》に、ざぷざぷとお湯が揺れる。動きはあまり派手にできないが、極上の蜜壺に包まれて十分な快感があった。

性行為と、お湯の温かさに、芽衣子の白い肌がピンクに色付いていた。

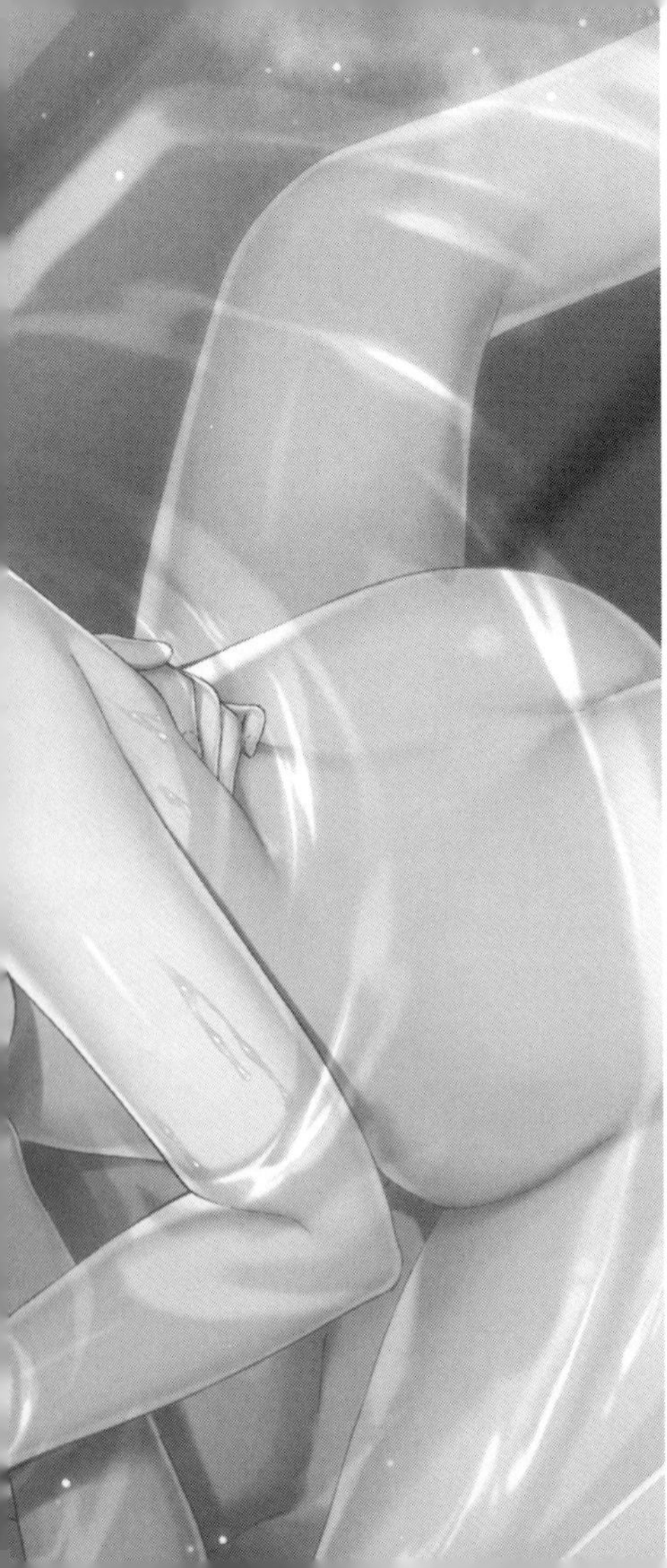

「あっ、はぁあっ、んちゅ、んっ！　き、気持ちいいです♥　また、すぐオチンポでイきます……！　ん、はぁっ、あっあぅんっ」

「何度でもイッていいですよ。芽衣子さんがイケば、愛人も喜びます」

智哉の言葉に、芽衣子は夢心地であってもすぐに現実を思い知る。

この行為はただのレッスン。愛人を喜ばせるためのものだ。自分が快感に溺れ絶頂に達するたびに、喜ぶのは愛人なのだ。

（だけど、今は智哉さんの彼女でいたい。智哉さんから愛されて抱かれているんだ……）

芽衣子は健気に智哉の期待に応えようとする。

膣内がぎゅっと締まって、思わず智哉の喉が鳴る。

（こんなにも感じてオマンコを強く締めることができるなんて。芽衣子さんは磨けば光るダイヤと同じだ。底知れない）

智哉はそう思いながら、この時間がずっと続けばいい、と心から願っていた。

もちろん、そんなことは許されない。叶うはずもない。芽衣子は芽衣子を買った愛人のものだ。自分のものではない。

だがそう考えれば考えるほど、今まで感じなかった切ないという思いが心から湧いてくるのだった。

「はぁ、はぁ、ああ、智哉さん……！」

芽衣子から切なく名前を呼ばれる、胸が締め付けられる。

「はい、僕は、ここにいますよ、芽衣子さん」

平静さを装って応える。唇を離し、芽衣子の白い乳房に顔を埋めて乳首を吸い舐《ねぶ》る。

芽衣子は喜びの嬌声を上げて腰を、自らも動かす。

「あぁぁ、またきちゃう♥　んんっ、あぁっ、イク、イきます……！」

「僕も」

「い、一緒に、智哉さん。一緒に……♥　イッてください……！」

「ええ」

二人の律動がいっそう激しくなった。

湯船の湯は溢れ、息づかいが浴室にこだまする。

智哉は興奮が最高潮に達し、自分の亀頭が赤く腫れ上がって漲っているのがわかった。マグマが噴出する感じがする。芽衣子の柔らかで神聖だった膣内をえぐるように奥深く突きさしていく。それに応えるように、肉壁がまるで手のひらのように自在にペニス全体を握り擦る。

思わず智哉も嬌声を上げながら、圧搾に耐えきれず射精した。

「ああっ！」

「イクイク……あぁあっ……♥　はっぁあああああん！　はぁっあああ～～～！」

芽衣子が絶頂すると、膣内も何度も痙攣してペニスを絞る。智哉は精液を残らず取られる感覚になって、また感じてしまうのだった。

「あぁぁ～……はぁ、あ……ん、い、いっぱい精液、はぁ……出してくれましたか？」

「はい、いっぱい、出ました」

「嬉しいです……はぁ……はぁ……」

何度もアクメに達した芽衣子は、口元をだらしなく開けて、どこか遠くを見ている。

中出しをされて喜ぶドスケベな女に調教する——というのが、最初に出された指令だった。この反応からすると、もしかするともう、目的は達せられたのかもしれない。

(出荷する日が近い……いつものことなのに、なぜ僕は抵抗を感じているんだろう)

智哉は芽衣子の頬にキスをした。思いがけず優しくなったキスに、芽衣子はキョトンとして、やがて恥ずかしそうに笑う。

「あ、ありがとうございます」

「ん？」

「智哉さん、ずっと優しくしてくれるから……私、嬉しくなってしまいます」

無意識だった。ただ目の前の芽衣子が愛しかった。

だが智哉はその感情の正体がなんなのか分からず、曖昧に頷くだけだった。

授業が終わると、愛美璃は教会堂の二階に上がって、智哉の夕飯の準備をした。

「今日は智哉が好きなシチューにしようかな」

二週間の昏睡状態から目覚めた智哉は、以前と様子が違った。食事時の話題はほとんど芽衣子のことばかりだ。

愛美璃は、芽衣子のことは本当にほんのわずかしか知らない。それでも知る限りの情報を伝える。すると智哉は考えるように「そういうこともあるのか」「大変だったのかもしれない」と相手を慮《おもんぱか》る言葉を口にする。

愛美璃は嬉しくなって、もっと智哉の感情を引き出そうとアドバイスをする。

そうすることで、彼が救われるかも知れない。そんな淡い期待を抱かずにはいられない。

だが、愛美璃は智哉の変化が、嬉しい反面恐れていた。

この先に起こってしまうことを。

「一度、確かめたほうがいいかもしれない……彼女の気持ちを……」

愛美璃は鍋をかき混ぜながら呟いた。

◆◆

智哉は一礼をしてから理事長室を出た。

今しがた久津見から、そろそろ芽衣子を出荷すると言われて、もう少しレッスンが必要だから待って欲しいと申し出た。

久津見は難色を示したが、理事長は理解し、最終的には智哉の意見に合意した。

(だけど、もう彼女にはバレているだろう。芽衣子さんを引き留めるのはレッスンが必要だからではなく、僕の勝手からだと)

わかった上で、久津見は出荷を待ったのだ。これが何を意味するのか、智哉は不安を覚える。だがもう時間は与えられてしまった。智哉は許す限り、芽衣子のそばにいたかった。ただそばにいて、彼女と話をしたかった。

そして願わくば、レッスン抜きで彼女を抱きたかった。

(この感情は何だろう？　息苦しいのに、どこか嬉しさもあって)

「嬉しい……？　僕が？」

智哉は自嘲するように言う。

本当にいったいどうしてしまったんだろう。智哉は自分の感情が理解できないまま、芽衣子が待つ教会堂へ急いだ。

「今日のレッスンは、浴室でローションを使ってみましょう」

「ろーしょん？　というのはいったい……？」

智哉は容器に入った透明なジェル状の液体を見せると、芽衣子は不思議そうに見つめた。

「無味無臭で無害なので安心してください」

「あ……はい。これを塗るのですか？」

「そうです。まあ、前戯プレイのひとつですね。ヌルヌルして気持ちいいので大抵の男は喜びます」

「はい……ええっと、手につけて……？」

「それも有りですが、今回は全身です。服を脱ぎましょう」

「はい」

芽衣子はもう躊躇《ためら》わず、智哉に言われた通りにする。そうすることで、智哉と少しでも長く居られるのなら、それでいい。

ここに来る前に、芽衣子は智哉から、出荷の話を聞いた。でも智哉は、もう少し芽衣子と交流を続けたくて、まだレッスンが足りていないと久津見に嘘をついたという。

(智哉さん、気づいたかしら。私にそのことを伝えたとき、ご自身が照れていたことを。私、すごく嬉しかった)

芽衣子の胸に甘酸っぱくて切ない気持ちがこみ上げる。

地下室にある浴室には、ちょうど大人が寝そべられるほどの大きさの、ゴムでできたマットがあった。

芽衣子は全身にローションを塗ると、マットの上で智哉と抱き合った。

「ほ、本当ですね。粘りけがあってヌルヌルします。これってまるで……」

「匂いのない愛液みたいでしょう？」

智哉の言葉に、芽衣子は恥ずかしそうに俯いて「はい」と答えた。

「実際、年のせいであまり濡れなくなったり、体質的に愛液が少ない女性も使っています。これを相手のチンポや自分のオマンコに塗ると、愛液の代わりになって滑りが良くなりますから」

「あ、ああ、確かに。そうだったのですね。これはすごく良いものですね」

「ええ。それでいてお湯ですぐに流せる優れものです」

智哉は説明をしながら、芽衣子を愛撫し始める。背後から抱きしめて、やんわりと乳房を揉む。

「んんんっ……♥　あっ、はぁあぁっ♥　ふぁ……」

「ローションが気持ちいいですか？　今日の芽衣子さんは、最初から反応がいいですね」

「はぁ、はぁはぁ……そう、なのかも……です。んふぅっ……んっ」

指先で刺激するとすぐに乳首が勃起する。

「恥ずかしがることはないですよ。反応がいいほうが男は嬉しいです」

「はぁ、はぁ……はい……んん……はぁあっ……♥」

（どうしよう、本当に気持ちいい。ローションだけのせいじゃなくて、きっと智哉さんにあんなこと言われたからだわ）

芽衣子は智哉が久津見についた嘘で、精神的に満たされていた。

今までのレッスンは、気持ち良いときもあったがやはり不安のほうが大きい。レッスン後の後悔もある。

だが今は気持ちが高ぶり、智哉の愛撫ひとつひとつが敏感に感じる。

「はぁ、あぁん、ん、んふ……乳首、気持ちいいです……ん、はぁ……」

ヌルヌルして滑る指先の愛撫が、却《かえ》って焦れったく感じる。

「では、もっと弄りますね」

「あっ、はぁあんんっ♥　あぁぁっ……♥」

充血している乳首を手のひらで優しく捏ねられると、芽衣子は堪らないと言った様子で甘く鳴くのだった。

やがて、準備が整ってきたところで、ペニスの先を秘所にあてがう。少し押し当てるだけで滑って入ってしまいそうだ。

「はぁ、ああ、来てください♥　私の中に、ネチョネチョのオチンポ入れてください♥」

智哉は遠慮なく、ペニスを貫く。ヌチヌチと粘りけのある水音を立てながら、奥へ埋没させていく。ローションのおかげなのか、芽衣子の愛液で大量に濡れているのか分からな

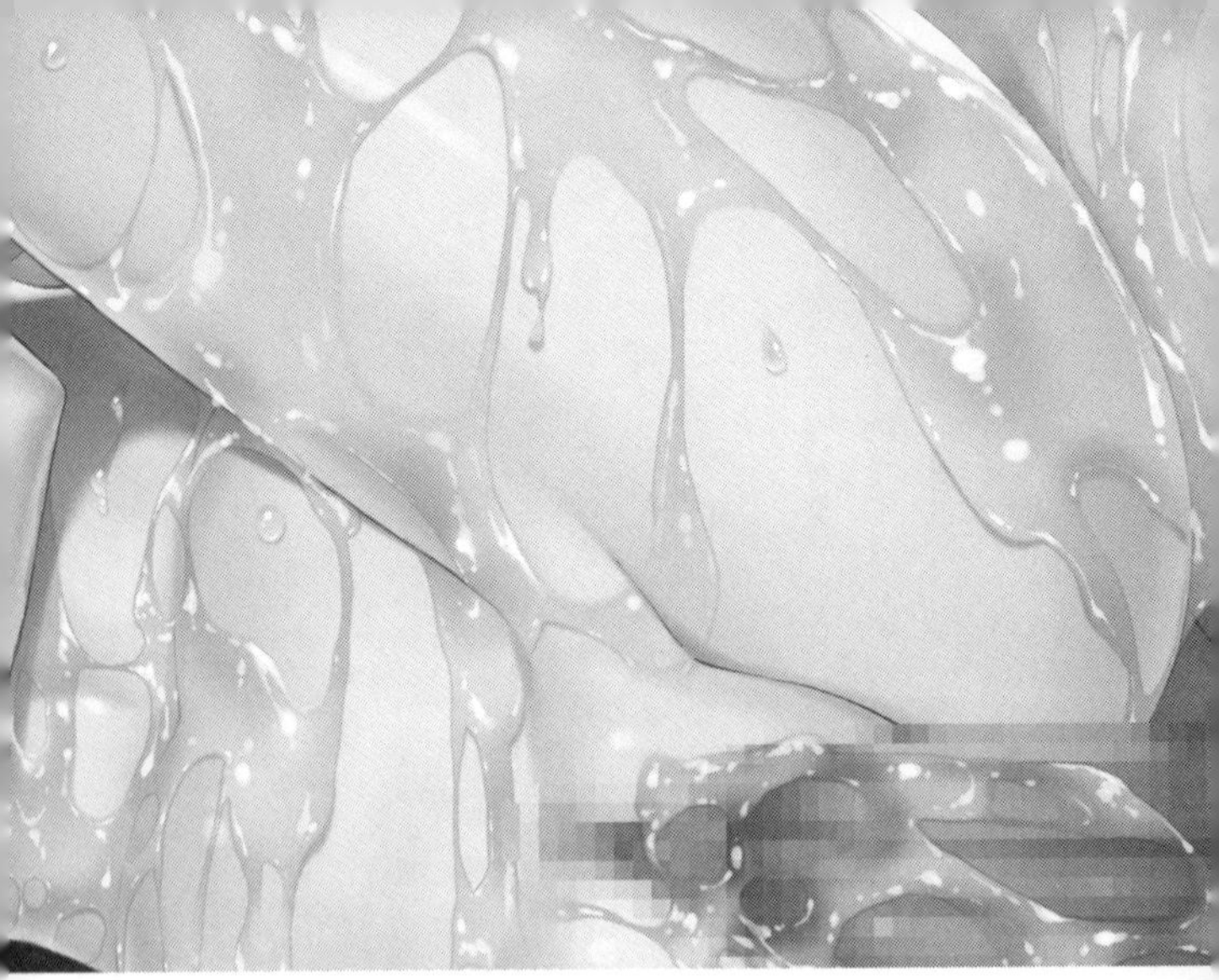

いが、ほとんど抵抗なく膣内へ差し込めた。

「あああぁ！　はあっ……んんん～、はっ入ってくる！　オチンポが、オマンコの中に入ってきますぅ、んあっはああんっ」

　内部も十分に潤っていて、温かく濡れた粘膜が、侵入するペニスを歓迎するように吸いついてきた。

　すると、芽衣子の身体が小刻みに震えて突っ張ったかと思えば、艶《なま》めかしい嬌声を上げた。同時に膣内がぐぐっと締まって、ペニスを擦った。

「はぁっ……！　あっあっ、はあ、あああぁあん～♥」

「まさか、挿入しただけでイッてしまったんですか？」

「はぁ、はぁ、は、はい、オチンポが大きくて硬くて、気持ち良くて、あぁ……」

「芽衣子さんはやっぱり素敵ですね」

智哉は小さく腰を揺すりながら、乳房のほうも愛撫した。

「ああっ、いいっです……！　んっ、はぁあっ、ちゅぷちゅぷってすごい音が……！」

「恥ずかしいですか？　耳が真っ赤です」

「んっ、だって、はぁ、はぁ、これ、とてもエッチで……」

「ローションがどうしても滑りますからね。あぁ、本当にすごい音です。オマンコがぐちゅぐちゅって音を立てていますね。おっぱいもヌルヌルだ」

「はぁっ、あっあっうぅ、ううん！」

（私、智哉さんだからこんなにエッチになれるのかしら。愛人相手だと？）

智哉のペニスがさらに中で膨らむ。どうしようもなく気持ちの良い箇所をズンズンと攻められて、はしたないくらいよがってしまう。芽衣子は今とても幸せだった。

「くぅうん、はぁっ……オマンコ、気持ちいいです、もっと、かき混ぜてください……い、いひいいいんっ」

「くっ、はぁっ、芽衣子さんのオマンコ、本当に気持ちがいいです。僕のチンポをぎゅっと締め付けて放さない。貪欲でいやらしい……」

「はひっ、嬉しいです……！　貪欲でいやらしいオマンコで、ああ、たくさんイッてください……！」

智哉は芽衣子を背後からきつく抱きしめ、激しくピストン運動をする。滑る肉と肉がもつれ合い射精感を高めた。

「イキますね。ドロドロのオマンコに出します」

「はぁ、はぁ！　はい、ぐちょぐちょのオマンコにいっぱい精液出して、ください……んんんっ！　わ、私も、もうイク……イクぅうん……！」

芽衣子の尻と智哉の股間がぶつかり合って、智哉は射精した。同時に芽衣子の両足をくねられてアクメに達した。

これ以上ないくらい膣穴が締まって、立て続けに放出してしまう。

「うぁあ……はぁっはぁっ！　うぅ、締まる……搾り取られる……！」

「はぁあああ！　ああんっ！」

(ああ〜〜〜、智哉さんの精液がオマンコの中でどぴゅどぴゅって出てる〜!)

二人の息の合った絶頂に、射精感も強烈なものがあった。

智哉は肩で息をして、まだペニスを擦っている肉壁に喘ぐ。つい腰が引けてしまうほど気持ちがいい。

芽衣子は絶頂の余韻に浸りながら、幸福感に包まれて、智哉の手をそっと握った。

◆◆

レッスン後、芽衣子は智哉に抱かれた幸せを噛みしめながら、夜風に当たっていた。

少し肌寒いくらいがちょうど良いほど、身体が火照っている。

寮前の、池のベンチでボンヤリとしていると、誰かに呼ばれて振り返った。

「こんばんわ」

そこには愛美璃がいた。

美化委員で一緒で、少し活動予定の話をした程度の相手だ。こんなふうに部活以外で会うこともまともに話をしたこともない。

それに、彼女は智哉と同棲をしている。智哉の世話をしている。

芽衣子は、驚きつつも警戒した。

「こ、こんばんわ、愛美璃さん」

「今、少しいい？」

時間があるか尋ねているのだ。寮の部屋に戻って寝るだけなので時間はあるといえばある。だけど、できればあまり近づきたくない。

シスター久津見が智哉に寄こしたのだ、何か繋がっているのかも。芽衣子はどうしようかと迷っている内に、隣に座られた。

「こんなふうに外で話すのって初めてだよね？」

「そ、そうですね」

「智哉から、私の話は聞いてる？」

芽衣子は頷いた。

「恋人、同士なのですか？」

「え？　あぁ、そういうわけじゃないんだけど……シスター久津見に命令されてのことだから」

さらりと言われる。

「そんなことよりね、智哉が、あなたのことが気になって仕方がないって、毎回言うのよ」

「……え？」

愛美璃は困ったような、それでいてどこか嬉しそうにそう言った。智哉同様、愛美璃も不思議な人だな、と思う。

「どうして……あ、その話を聞いて愛美璃さんは怒っているのですね？」

「違う違う。私は智哉のことは好きだけど」

はっきりと言われて、芽衣子は少なからずショックを受けた。

（どうしてそんな大事なことを軽く言うのだろう。誰かを好きになるって、もっと重いものじゃないの？）

「恋愛感情ではないのよね。なんだろう？　大切な人……って感じかな？」

「大切な人……」

それはある意味、好きという言葉よりも胸に突き刺さった。芽衣子はそんなことを言ってのける愛美璃に羨望と嫉妬を覚えた。

「まぁとにかく、彼はあなたのことが……」

「知っているんですか？　私が今、どんなことをしているか」

愛美璃は真顔で「ええ」と答えた。

「だったら、愛美璃さんも分かると思うけど……私と彼がしていることはただの仕事で、それ以上でも以下でもない。だから、彼が私のことを気にするなんて、そんなのは」

「だめなの？　私は、仕事だけの関係から離れていっても、おかしなことじゃないと思うんだけど」

芽衣子は顔を上げて愛美璃を見た。

（なぜそんな期待させるようなことを言うの？　私はどう足掻《あが》いても出荷されるのに）

「あなたがそれでいいなら、私はもう何も言わないわ。でもね、智哉にとって、芽衣子さんは特別だから」

「え？」

「なくした記憶が蘇るんじゃないかって思うくらい、あなたのことを特別だと認識している。これってすごいことなのよ」

愛美璃は続ける。

「あのね、実を言えば、智哉が以前の智哉と少し違うのは、本当なの。一年くらい前までは、智哉は今みたいな人ではなかったらしい。私も詳しくは知らないけど、シスター九津見が言うには……昔は、爬虫類みたいだった、と」

「え、え？　爬虫類？」

「冷たい人という程度の意味だと思う。でも、今はそんな冷たくもない。じゃない？」

「え、ええ……冷たいという感じではない……です」

芽衣子は記憶の糸をたぐる。たしかに初対面はあまりいい印象はなかった。淡々と事務的にセックスの練習をする智哉に感情が見えなかったのだ。

「智哉が芽衣子さんのことを気にしているのは、彼が冷血な爬虫類ではなくなったからというのも本当よ。ただこの一年、女の子の相手をしてこなかったかというと、そんなことも全然ないわけで……だから、やっぱり、芽衣子さんはこれまでの女の子とは違うんだと思う。智哉にとって」

そう言われて、納得する部分もあれば、それは自分が烏滸《おこ》がましいと思ってしまう。

「良かったら聞かせて欲しいんだけど、芽衣子さんはどう思ってるのかな？」

「わ、私は……でも、私がどう思っているかなんて……」

芽衣子はついいつもの自己肯定感低めで答えた。

「関係ないです。だって私はもう売られることが決まっているんだし……今更それを信じてって言われても」

「芽衣子さんはそれでいいの？」

「いいも何も、それしか」

「したいことをするのが、一番なんじゃないかな」

したいこととは、いったい何なのか。

周囲に流されて自分の意見を持たないまま今日に至っているのに、自分でも中身がないと思っているのに、したいことなどあるはずがない。

（でももし願いがひとつだけ叶うなら、私は出荷されたくない。愛人のもとへなんか行きたくない。智哉さんの側にずっといたい）

「私に、ああしろこうしろなんて言えないけど、智哉の気持ちがいつになく動いているなら、上手い具合に進んで欲しいなと思って。それで、話しかけたの」

「愛美璃さん……」

「それじゃあね」

「ま、待って」

「ん？」

「あの、愛美璃さんこそ、それでいいの？」

愛美璃がきょとんとなって、やがて優しく微笑む。

「智哉には、幸せになって欲しいからね。あの人はずっとこの学院に囚われている。何事もなければ、たぶん、この先もずっとここを出られない。それはもちろん、学院側が拘束しているということはあるけれど」

囚われている……確かに、智哉の記憶がないのをいいことに、学院に軟禁されているようなものだ、と芽衣子も思う。

「でも何より重要なのは、本人の気持ちだから。本人にその気がなかったら、事態は少しも動かないと思うし……比喩的に言うと、智哉は雪の白さも知らないような人なの」

どういうことなのか、瞬時には理解できない。だが愛美璃は続ける。

「知らないから、雪を綺麗とも思わない。でもそれはべつに、綺麗と思う気持ち自体が、ないわけじゃなくて。人を想う気持ちを、芽衣子さんが教えてくれるなら私としても、嬉しいから」

愛美璃は伝えたいことだけ伝えると、手を振って今度こそ去って行った。一人残された芽衣子は愛美璃が言った言葉を繰り返す。

「人を思う気持ちを、私が、智哉さんに……」

◆◆

この日、レッスンの時間を少し遅らせろ、と久津見から連絡があった。

智哉はすぐに応じて、芽衣子は九津見に呼び出された。

呼び出された久津見の書斎に、見知らぬ老人がいる。趣味の悪い柄物のスーツ姿に脂肪を蓄えた出っ張った腹、ほとんど毛髪がない頭皮、血色の悪い脂ぎった顔。

老人は芽衣子を一番高値で買った男、つまり出荷先の愛人であった。

芽衣子は目を見開いて固まった。

(私はこの人に買われたの？　うそ……)

「安城《あんじょう》様、わざわざお越しくださってありがとうございます。それなのにこの子ったら来るのが遅くなってしまって……申し訳ありません。胸やお尻が大きいせいか、とにかくやることなすことトロくて」

久津見はあからさまに媚びた声を出して、老人の機嫌を伺った。

「いやぁ、何。ワシらみたいな老人になると、時間の感覚も曖昧になりますからな。気にはなりませんよ」

「あら、いやですわ、安城様ったら。まだまだ男盛りの四十代、いぃえ、下手したら三十代に見えますのに」

「先月七十八を迎えたばかりなのに、三十代とは……ははははは」

安城と呼ばれた老人は、たるんだ頬肉を盛り上げて笑った。

(なっ七十八歳？)

安城は入り口付近で立ちすくんだままの芽衣子を、舐め回すように見た。

「芽衣子さん？　何を突っ立っているの？　さっさとこっちに来なさい。もう本当に気が利かない娘で」

「いやいやいや」

芽衣子はなんとか右足を一歩前に出して、久津見が座っているソファへ向かう。だが、

「違うでしょう？　床に座ってきちんと手をついてご挨拶なさい」

「ゆ、床に、ですか？」

「当然です。さ、早く」

　久津見から信じられない言葉を聞いて、芽衣子は再び立ちすくんでしまった。

（ど、どうしてそんなことをしなくてはならないの？　私がこのおじいさんに買われたから？　愛人だから？　でもそんな、だからって……）

「芽衣子さん？」

　久津見のゾッとするような冷たい声に、我に返る。震える足で安城の側まで行き、ゆっくりと床に膝をつこうとした。

「まあまあ、堅苦しいのは止めましょう。それに、この子は立ち姿が美しい。まるで芸術品のようだ。しばらくそばで立っていて欲しいですな」

「そうでございますか？　安城様は本当にお優しい。よろしければこの場で服を脱がすこともできますが？」

「え……」

「ははは、いやいやまぁまぁ、そこまでは……」

　ねっとりと絡みつくような視線に、芽衣子がすくみ上がる。

「まぁ、今は止めておきましょう。むやみに興奮すると身体に差し障りがありましてな。いや、大したことではないんですが、最近心臓がガタついて」

「まぁ、それは」

「医者がなんでも大げさに言うもんで、最初だけは言うこと聞いておいてやるかと薬を飲んでます。あぁ大丈夫、アッチのほうは問題ないですから」

「よかったですわ〜。でも、万一のことがあったらこれはもう、日本の、いえ世界の一大損失ですすわね。あらあらたぁいへぇん〜」

二人は何がおかしいのか、声を上げて笑った。

芽衣子はただただこの老人から発せられる、刺激臭とも取れる体臭に息が詰まりそうになりながら耐えた。

それでも、時折話を振られて、頷いたり小さく返事を返したりする。とにかく、早くこの時間が終わって欲しいと心から願った。

やがて帰らないといけない時間になったのか、安城はようやくソファから立ち上がった。

どこかに電話を掛けて、車を回せと命令をする。

「急に押しかけて申し訳ありませんでしたな。ワシはそろそろ、これで」

「いぃえ。安城様ならもういつでも大歓迎ですわ。なんなら、早速連れて帰ります？　実をいえばこの子、もうだいぶ調教も進んでるんですのよ。安城様好みのメスに、成長していますわ」

「ほお？」

再び舐めるように見つめられ、芽衣子は顔を背けた。

「いや、やはり今日のところは止めておきましょう。愛人を迎えるのに何かと準備が必要でしてな。ワシの体調も整えんとならんし……まったく肝心の心臓がこうなるとは」

「承知いたしました」

「芽衣子さん」

安城に名前を呼ばれて、芽衣子の身体がますますすくみあがる。

「会えてよかった。その可愛らしい顔や、素晴らしい身体つきを見ると元気が湧いてくるよ」

「あ……ありがとうござい……ます。わ、私も……嬉しい、です」

「おお、そうかそうか！　もうちょっとじゃな。もうちょっとで、その大きなおっぱいも、大きなお尻もワシのもんになる……たくさん産ませるぞ、フフフ」

「…………っ」

芽衣子は作り笑顔を浮かべるだけで精いっぱいだった。芽衣子の返事に満足した安城は、意気揚々と帰って行った。

「あ～……ったく。芽衣子チャン、窓、開けて」

久津見は安城が帰った後、わかりやすい変わり身で、ソファにふんぞり返った。

言われた通り、窓を全開する。

「もうほんと、たまらないわね。たまーに待ちきれないジジィがこうやって押しかけてくるのよ。上得意じゃなかったらぴしゃっと断るところだけど……ああ、くっさい。あのジジィ心臓だけじゃなくて他も悪くしてんじゃないかしら？　おーやだやだ、人間、歳は取りたくないもんよ。永遠に若くて美しいままでいたいわね。ねぇ？」

芽衣子はなんと答えていいのか分からず、俯くだけだ。

「ふぅっ……芽衣子チャンも大変ねぇ。お仕事とはいえ、あんな死にかけジジィの相手をすることになって。私だったら無理ね。オエッってなるわ」

「あ、あの……産ませるって……」

「子供に決まってるでしょ？　あなた、愛人よ？　愛人なら、相手の子供をポコポコ産んであげなさいな。遺産も取れるかもしれないし」

「……そんな」

「なんて、そうなったら結構だけど、なかなかそうもいかないのよねぇ。男も老ければ精子が枯れる。ボッキさえ簡単にはできないのに、まして、子供なんて、ね」

「で、でも……私、まさか子供までとは……思っていなくて……」

久津見が、芽衣子の顔を煽るようにのぞき込む。

「芽衣子チャンさぁ、ちょっと認識が甘いんじゃない？　愛人ってのは、子宮まで相手の男に捧げるもんよ。そこまでするから、たかがセックスの相手で、左うちわで暮らせるんじゃないの」

そう言われるとぐうの音も出ない。

確かに今後の生活はきっと衣食住に困ることはないだろう。好きなものも、際限なく与えてもらえるかもしれない。なおかつ、借金まみれの親も救えるのだ。

見方を変えればこんなにおいしい話はない。セックスの相手をするだけであとは自由なのだから。

「それにしても、あのジジィ、ほんとに大丈夫でしょうね。顔もドス黒かったけど……金を振り込む前に、もしポックリ逝かれたら」

俯いたまま何も言わない芽衣子より、久津見は金の心配をはじめた。出荷する前にもう少し前金をせびっておこう、などとブツブツと言う。

芽衣子は自分の役目は済んだと判断して、ドアに向かう。

「あー芽衣子チャン」

呼び止められて振り向くと、すぐ後ろに久津見がいた。ニヤニヤと不愉快になる笑みを浮かべている。

「あんなジジィ嫌だからって、間違っても妙な考えは起こさないでね。このことは、あの男にもよぉく言っておいて頂戴」

「は……はい」

「それと」

「はい」

かできなかった。

「最後の、ジジィを喜ばせる返事はよかった。ちゃんと調教されてるじゃな～い」

笑顔でそんなことを言ってくる九津見に対して、芽衣子は引きつった笑みを返すことしかできなかった。

「今思うと、私は愛人っていうのに対して、フワッとしたイメージしか持っていなかったみたいです」

久津見の部屋を出たその足で、芽衣子はまっすぐ教会堂にいる智哉の元へ向かった。

すでに疲れ果てている芽衣子を気遣い、智哉は紅茶を淹《い》れる。

「フワッとしたイメージ……ですか？」

「具体的なところは、いまいち想像もできなくて……というより、想像しようともしなくて。そもそも、男性と接した経験もなかったですし」

芽衣子は一部の女子とは違い、門限ギリギリまで外を出歩くとか、合コンなる男女のフランクなお見合いの場に出席したこともない。芽衣子がそういうタイプではないことは、智哉もよく分かっている。

「その、芽衣子さんを買った方というのは、だいぶ辛い感じでしたか？」

芽衣子は何度もコクコクと頷いた。

「だから、目の前に初めて現物……って言ったら失礼ですけど、ご本人が現れてそれで私、なんていうか、とてもショックを受けて……」

智哉はレッスンをした少女がどういった人間に買われていくのかは知らない。想像とは違う、思っていたよりマシだ、そばにいられるだけでも嫌だ、など様々だろう。

芽衣子に関しては、本人も言っている通りどうやら甘くみていたせいで、現実とのギャップを余計感じたようだった。

「好きでもない男に抱かれるのは、やはり嫌ですか？」

「当たり前です！　私は……あ、ご、ごめんなさい！　智哉さんは全然嫌じゃないんです」

「え？」

「あ……」

芽衣子は顔を赤くしてアタフタと慌てた。

「と、とにかく、嫌な気分を早くどうにかしたいです」

つい数日前まで自分の意思なんてまるでなかった芽衣子が、嫌悪を露わにしている。

智哉は苦笑気味に彼女を見つめた。

「そうですか。では今日は……レッスンはお休みにして、どこか気分転換に出かけてみてはいかがです？　お友達がよく行くカフェで、パンケーキというデザートを食べるとか」

芽衣子はキッと智哉を睨んだ。

「いいえ、今日もレッスンを受けさせてください。お願いします」

二人は地下室に行くと、早速キスを交わした。舌を絡め合う濃厚なキスだ。

芽衣子は衣服を脱いで智哉のペニスを待ちわびた。

「んっ、はぁっ、あ♥　ちゅ、んんっ、はぁ、はぁ、あっあなたが欲しいです」

智哉は頷くと、芽衣子を後ろ向けに俯せで寝かせて、大きく張った臀部を掴んだ。そのままマッサージするように揉んでいく。胸とはまた違う弾力で、触れているほうも気持ちがいい。

「ああ、はぁ……ん、はぁっ……」

双方の臀部を掴みながら押し広げると、ピンク色した菊座にまで愛液が流れていた。

俯せにより逆ハート型をしたプリプリの大陰唇は、触れていないのにヒクヒクと震えて、わき出る愛液を垂れ流す。

「すごいですね、芽衣子さん。キスとお尻を触っただけでもうこんなに濡らして」

「はぁ、はぁ、ど、どうしても智哉さんに触れられると、感じてしまって……は、はしたなくてごめんなさい」

「謝らないで、とてもエッチで可愛いですよ」

「か、かわ……」

芽衣子はドキリとすると同時に、認めた。自分はやはり智哉のことが好きなのだと。

「それでは遠慮なくオマンコ頂きますね」

「は、はい！　オマンコにあなたのオチンポを入れて、グチョグチョにかき混ぜてください……！」

智哉は言われた通り、みなぎるペニスを秘部にあてがい、一気に体重を乗せるようにして貫いた。

「ふぁあぁっ……！　はぁああっ……！　はっ入ってくる……♥　オチンポ、大きい……んんん！」

今回の前戯はキスだけだったが、彼女の内部はもう完全に潤っていて、ぬるぬると肉棒全体を飲み込んでいった。

「んっ、んんんっ……！　はぁっ……！　はぁああ……♥」

「芽衣子さんは、ずいぶん可愛いお尻をしていますね。上から押しつぶすと、柔らかくて気持ちがいいです」

「はぁっ……はぁはぁっ……んんっ……わ、私のお尻は大きいんだそうです」

胸ほど気にしていなかったが、改めて尻が大きいと言われると、好きで大きくなったんじゃないと泣いて言いたくなる。大きなお世話だ、と。

「人の好みはともかく、こういうヒップを見ると、男は孕ませてやりたくなります」

「そ、そうなのですか？　んっ、んんんっ……♥　はぁっ……んんあぁあっ」

　智哉は膣穴を攻めながら、両手を使って大きめのヒップを揉んだ。量感のあるお尻の肉が形を変え、後ろの穴や、ペニスをぱっくりと咥え込んでいる秘部が丸見えになった。

「こういうお尻の女の子に包まれて、射精したいと思うのが、大多数の男だと思いますよ」

「はぁっ、はぁあっ、あっあん、あなたも、ですか……？」

「ええ」

　智哉が肯定すると、穴がギュギュッと締まった。

「い、今も？　今も孕ませたいって……あんんっ！　中、すごくえぐられてます……！」

「芽衣子さんのオマンコがチンポを掴んで放さないから暴れてます。はい、そうですね、芽衣子さんの中でイキたいし、芽衣子さんを孕ませたいと思います」

「う、嬉しい……んんん！　はぁ、はぁ、中、ズンズンって来て、オチンポ膨らんでます……ああ、あ、はぁはぁ、ん、いい、オマンコ、気持ちいいです……！」

「僕もです。チンポが蕩けそうです」

　智哉はそう言うと、ラストスパートに入った。臀部を弄っていた手は細い腰を掴み、後ろから容赦なくヴァギナを責め立てた。

「ああぁ！　はぁ、はぁっ！　ああん！　すご……！　お、オマンコ、壊れちゃう、ぅうううん！」

　芽衣子のヒップは確かに大きく、この体勢で繋がると少し挿入が浅くなってしまうようだ。そんなヒップを押しつぶして、ペニスを深いところに届かせるのは、本当に気持ちがよかった。

「あっ、はああっ……！　いい、んんっ、いいです♥　ふぁあああっ、オチンポ、気持ちいい……！あん、あん！　はぁ、あっ……んんんっ……！」

次第に動きを大きくすると、溢れる蜜がかき出されて尾骨の辺りまで濡れてしまった。

「あぁんっ、あふっんん！　ふあっ、はあっ、あっ……！」

膣内を十分にほぐしたところで、彼女の感じる場所に亀頭が当たるように突き立てて連続して刺激した。

「あっ、あぁあああーっ……！　んんっ、そこ……！　ああだめぇ！　はぁん！」

強めの刺激に、芽衣子の背中が反り返る。具合の良い箇所を攻められて芽衣子は堪らなくなった。

「キス、キスしてください、智哉さん！　キスしながらイキたいです……」

「いいですよ。もう少し首を、そう、こっちに向けて……ん……」

「んちゅ！　んはぁ！　あ、ああ、あむ……ちゅる、ちゅぷちゅっ♥」

後ろ向きに顔を向けているので体勢的には苦しそうだが、芽衣子はそれを気にせず、熱心にキスをした。やはり口唇が感じるようだ。キスをすると、すぐに蜜壺に痙攣が走った。

「んんっ、んふぅっ、ちゅぷ、んんちゅ、はぁぷ♥　んちゅる、れろ、んんんっ♥」

再び智哉は律動を始める。亀頭を肉襞に擦りつけるようにして衝いていくと、気持ちいいのか膣穴は収縮を繰り返し肉棒ごと扱《しご》きあげた。

ひくつく菊座近くに、己のペニスが赤い壺に抜き差ししているのが見える。ビジュアル的にも興奮するし、気持ちいい。

この尻を、このオマンコを、見知らぬどこかのジジィにやらなければならないのか。

智哉は今まで感じたことのない、いい知れないどす黒い感情を抱くのだった。

「ああ、気持ちいい。イキますよ」

「はぁ、はぁひ！　わ、私もイク、イキますぅううん！　あっあっ、そこ、擦れて……ああ、いい……！　イクぅうんん！」

芽衣子は顔を伏せ、全身をガクガク震わせた。同時に蜜壺も、ぐーっと締まった。

智哉は後ろから存分に精液を放った。

「はぁっ……はぁはぁっ……んんんっ……はぁあっ……はぁふぅ……んんふぅ……」

余韻に浸ったまま智哉に後ろから抱きしめられて、芽衣子はもう迷うことはなかった。

(私、やっぱり嬉しいんだ。智哉さんとこうしていることが、堪らなく嬉しくて、幸せを感じている)

「キス、していいですか？」

智哉に聞かれて、芽衣子は笑顔で応えた。自ら唇を重ねてねっとりと貪る。

「ん、ちゅ、ちゅ、ちゅぷ、んん、はぁ……んん」

キスをしながら、芽衣子は自分の腰がくねっているのがわかった。智哉も中に入れたままのペニスが再び漲っていくのを感じている。

「あ、ん、ちゅ、ちゅう、ん……ま、また智哉さんのオチンポが、中で大きくなってきました」

「はぁ、う……はい、芽衣子さんも、キスをしながら中を締め付けてます」

「はぁ、はぁ、ん、ちゅ、ちゅぷ、だって中に入れられたままのキスって、気持ち良くて……ああ、ん、大きいです、オチンポ、すごく大きいです……」

再び訪れた興奮に、二人とも身を任せる。

智哉はキスをして舌を絡めながら、ゆっくりと腰を動かした。

ぐちゅ、っと愛液と精液が混じる卑猥な音がする。芽衣子の顔が赤くなる。

「はぁ、はぁ、エッチな音、してます……ちゅぷ、んん」

「はい、んんっ、精液と芽衣子さんのいやらしい汁が混ざって……うう、すごい、中が、締まる」

「智哉さんの精液もいやらしい汁です……あ、ああ、んぅ、そんなっ、ああ！　えぐるようにオマンコ衝かないで……はぁ、はぁ、すぐイッちゃいます……んんん、はぁ、はぁ、ちゅぷ、ちゅっ」

言葉にすると意識してしまうのか、芽衣子はまた達したようだった。膣内の襞が痙攣するように蠢いて、亀頭を擦る。

「うう……自分でも驚くくらい、気持ちいいですよ」

「はぁ、はぁ、でも、今までもこうやって誰かを調教してきたんじゃ……」

「確かにそうですけど、自分は敢えて感じないよう努めてましたから」

自分がしているのはあくまでレッスンであって、恋人同士のセックスではない。そこに余計な感情はいらないのだ。だから気持ち良くても淡々とスケジュールをこなすことだけを考えていた。

だが芽衣子と出会って話をするようになってから、余計な感情ができてしまった。久津見が言う下らないやりとりのせいだろうか。今まで疑問に思わなかったことが次々と浮かんで消えてくれない。

芽衣子の純粋な瞳が追い詰める。レッスンなのに感じてしまう。

そして芽衣子も、智哉への特別な感情を持つのだった。

(出荷されるのに……あの老人のオモチャにされてしまうのに……智哉さんのことを思ってどうするの……？)

芽衣子は切ない声を上げながら、今更ながら自分の選んだ道を後悔しはじめる。

(でも、売られると決まらなかったら、智哉さんとはこうならなかった……ああ、本当にどうすればよかったのかしら)

「わ、私だと、感じてくれるのですか？」

「はい、素直に感じています。今も、ただ芽衣子さんと繋がりたいという思いだけです。こうして……」

智哉が手を伸ばして、淡い茂みをかき分けた。二人の結合部分からは止めどなく精液と愛液が溢れている。その少し上、大きく勃起しているクリトリスを弄った。

「あああん！　だ、だめ、そこは……！」

「芽衣子さんが可愛いので、たくさん気持ち良くさせたくなります」

「あっあっ、ああ、はぁあんっ、ああぅん！　お、オマンコ衝かれながら、クリトリス弄られるなんてぇ……んふ、ううん！　だめぇ、イクぅううん！」

芽衣子の身体が激しく揺れて、何度目かの絶頂に達した。

ヴァギナがくねるように締まって、智哉も射精をする。

「ああ、くうぅう……！」

「ひゃあああうん！　んんぁあ、はぁっ、ビクビクってオチンポが跳ねてます！　中で、いっぱい精液出てますぅう……！　はぁ、はぁ、ああ、だめぇ、あああぁっ」

連続で大量の精を注がれた女性器はドロドロの状態になった。智哉が腰を引くと、ずるりとペニスが抜け落ちた。

「はぁ、はぁ……あ……智哉さん……」

智哉は切なく見つめる芽衣子をただ抱きしめた。

月が中庭を照らす。二人は寮に着くまでの間、ゆっくりと歩いて話をした。

久津見をいつまでも欺いていられるわけではない。もしかすると、もう智哉の嘘に気づいているかもしれないのだ。

「それでもこうして一緒にいられるのは、私を買う愛人の都合だと思います」

「と、いうと？」

「今すぐにでも身請けしたいが、私を受け入れるには準備が必要……心臓の病があるので、コンディションを万全に整えたい。そんなお話でした」

智哉は頷いた。それで、見過ごしてくれているのか。だがずっとというわけではないだろう。

「先日、この池の畔《ほとり》で、愛美璃さんとお話をしました」

「え？　愛美璃と？」

「はい、愛美璃さんとは一緒に暮らしてるんですよね」

「ええ、あの教会堂の上に」

「そうだったのですね」

見上げると中庭を挟んで教会堂がある。その上階に暖かなオレンジ色の光が漏れる小さな窓があった。

やはりあそこに住んでいるのだと芽衣子は思った。

「智哉さんにとって、愛美璃さんは、その……恋人同士なのですか？」

智哉は足を止めて「違います」と言い切った。

「同居人です」

「付き合ってはいないんですか？」

「付き合うというのは、恋人という意味ですか？」

芽衣子は頷いた。

「恋人ではないと思います。ただ彼女に対しては思うところがあります。昔、何かあったのかもしれないですが、分かりません」

「それも、記憶にないんですね」

「ええ」

芽衣子は俯くと、自分の感情と向き合った。自分はいったい智哉とどうなりたいのか、答えが見つからない。

「愛美璃に何か言われましたか？」

「はい、智哉さんの記憶を取り戻すのを手伝ってあげて、とか。智哉さんのことを見ていてあげて……とか。でも、それって本当は愛美璃さんがしたいことなのじゃないかと思って。だって一緒に住んでいて、その、いろいろお世話なさっているんですよね？」

世話、というのは智哉の性欲処理のことも含んでいる。男女が同じ部屋にいるのだ、それは当然だと芽衣子は言うのだ。

だが智哉は首を振って否定した。

「過去にあったかもしれませんが、今はセックスはしていません。少なくとも僕が覚えてる間は」

「そ、そうなのですか？　でも、愛美璃さん、こう言っていました。智哉さんは、大切な人だと……だから、きっと好きなんだと思います。智哉さんのことが」

それを言って智哉が認めたとしても、現状は変わらない。芽衣子は売られ、愛美璃と智哉は残るのだ。何かが変わるわけではない。

ただ、芽衣子は自分の気持ちに整理をつけたくてこんな話をしているのかもしれないと思うのだった。

「大切……僕の思うことと同じ意味合いではないでしょうか。芽衣子さんは、僕と愛美璃が恋人同士になればいいと思っていますか？」

どきりとした。芽衣子は智哉への思いを無理矢理断ち切ろうとしているのだ。それを見透かされたように言われて、心臓がドクドクと脈打った。

「そ、そういうわけではないのですが」

「では、なぜ？」

しまう。

芽衣子の顔が赤くなる。自分は本当にどうしたいのか、頭の中がぐちゃぐちゃになって
二人の間に沈黙が流れた。

「どのみち、私は出荷されます」

口を開いたのは芽衣子だった。遅かれ早かれ、それは間違いないので智哉は頷く。

「ですが、芽衣子さんとは最後まで交流を続けたい。レッスンも時間が許す限り続けたいと思っています。それが無理ならせめてお話をするだけでも。シスターと学生として」

「は、はい。それはぜひ。私も、智哉さんとお話がしたいです。智哉さんと、まだレッスンをしたい……」

池の水面に月が映り、揺れ動いている。まるで二人の揺れ動く心を表すかのように。

お互い、こんな気持ちになるのは生まれて初めてだ、と思う。

智哉は出荷される少女に、こんなにも自分の気持ちをさらけ出したのは初めてで、芽衣子は自分の意思を口に出せたことが初めてだ。

二人は自然と微笑み合った。

「明日も、レッスンお願いします」

「もちろんですよ」

◆◆

それからというもの、智哉と芽衣子は時間が許す限り会って、セックスを繰り返した。まるで残された時間を惜しむかのように、時には授業を休んで二人は身体を重ねた。

「あぁ、智哉さんのキス、優しい……ん、んんっちゅ……ちゅぷ」

二人の唇が絡み合う。智哉の優しいリードに、芽衣子は早くも濡れて受け入れる態勢を整えた。

(最初はどうなるんだろうとか、すごく嫌だっていう気持ちがあったのに……今はこのレッスンが終わって欲しくないって願ってている)

「芽衣子さんのオマンコ、またたくさん濡れていますね」

「は、はい……智哉さんに抱かれて嬉しくて、オマンコびちゃびちゃです」

「いい感じです。実は最初に出されていた指示があるんですが、それは芽衣子さんを中出しされて喜ぶ女に調教しろ、というものでした」

「そう……なのですか」

「ええ。たぶん、今日で本当に最後のレッスンになると思います。仕上げとしてたっぷりと芽衣子さんのオマンコに射精しようと思います。いいですか？」

「は、はい、わかりました」

芽衣子はやはり複雑な心境に陥る。

(オマンコの中に射精されて喜ぶ女だなんて、あんまりな言いぐさだわ。でも、今、智哉さんに射精すると言われて、私、身体が喜んでる……また下着が濡れてきちゃった)

智哉は芽衣子をベッドに寝かせると、腰を上げてまんぐり返しの体勢を取らせた。

「大丈夫ですか？　少し息が上がっていますね」

「そ、それは、恥ずかしいからです」

(アソコだけじゃなくて、お尻の穴まで出しちゃうなんて。本当に恥ずかしいよ)

「芽衣子さんの性器はとても綺麗ですよ。人に自慢できる性器なのでそう恥ずかしがることもないかと」

「そ、そんなところ自慢する人はいないと思います」

「彼氏は喜ぶんじゃないでしょうか」

「彼氏……？　で、でも、私が愛人のオジサンに抱かれているなんて知ったら」

「言わなければバレませんよ」

(そういう問題かなぁ？　でもとにかく彼氏のことなんて考えられない。だって今はこの人に抱かれているのだから)

智哉は愛液で濡れているワレメに近づいて、舌先を伸ばした。

「あっ……！」

舌がゆっくりとワレメをなぞって、中に侵入してくる。

「んっ、んん！　はぁ、あっ……はぁ、はぁ……そ、そんなところ舐めるなんて……！」

「気持ち良くないですか？」

舌先がそろそろと襞をかき分け、ちゅぷん、と蜜壷に突っ込んだ。

「はぁあん！　はぁ、はぁ、き、気持ち、いいです……！」

「よかった。綺麗なオマンコがトロトロになって、とてもいやらしくなってきました」

ベロベロと当てずっぽうに舐められたかと思うと、薄い花びらをかき分けるように繊細に解されていく。

「あっ、はぁあっ♥　んんっ、あっ、や……ふあっ、あぁっ、はぁあっ……♥」

はしたなく腰をくねって身もだえる。智哉の舌がまるで生き物のように秘部を探る。

「入口もヒクヒクしてきましたね。まるでチンポを欲しがるみたいに」

「んんっ、あっ、だ、だって、んんっ、ふあっ♥　舌でペロペロ舐められると、ガマンできなくなっちゃいます」

「チンポ、欲しいですか？」

「は、はい♥　欲しいです♥　あなたのオチンポ、欲しい♥」

智哉は答えず、少し意地悪な笑みを浮かべると、再び秘裂に舌を這わせた。

「んあっああー♥　あっ、はぁあっ、あぁっ、はぁああーっ！」

智哉は大陰唇を押し広げて襞に丁寧に舌をつけ、舐め回した。芽衣子の腰が浮いて、堪らないといった様子で喘ぐ。

「はぁんっ！　ふあぁっあぁっ、あっあんん♥」

「どんどんおつゆが溢れてくる。これが芽衣子さんの味なんですね」

「あっ、はぁん♥　だめっそれ、だめです、んんっ、あぁんっ」

「だめではないですよね？　ちゃんと言って？」

「んぅんっ、も、もっと、んんっ、もっとしてください♥　ふあっ、オマンコもっと、ぺろぺろしてぇっ、んんっ、はぁん♥」

「よかった。ではもっとします。れろれろ……」

愛液が音を立てて啜られる。舌先が執拗《しつよう》に襞や膣口を舐め刺激して、芽衣子はもうどうにかなりそうだった。

「あっ、はぁんっ、それ、いいです。もっとオマンコ、舐めてぇ♥ あぁぁんっ♥」

「芽衣子さんのオマンコは本当に綺麗ですね。おまんこ汁も美味しいですよ」

舌先が膨れあがった女芯をくすぐるようにして嬲る。

「ひゃあああん！ ら、らめぇ、イク……！」

「もう少しガマンしてください」

指でクリトリスの包皮をそっと剥くと、赤い小さな果肉が現れた。そこにそっと唇を押し当ててキスをする。芽衣子が悲鳴のような嬌声を上げた。

「あああー！ らめぇ！ イク……イクのぉ！ お、オチンポ挿れてくださいぃ！」

「芽衣子さんのオマンコはイクとますますチンポに馴染みますから、そのままイッてください」

「そ、そんな……！ ああ、あっ、はぁんっ♥ ふあぁっはぁあっあっっ、ぁあああー っ！」

智哉は絶頂を促しながら舌の動きを強めた。襞を丁寧に舐め、軽く叩くようにして舌先をクリトリスに触れた。

「はぁ、あああん！ イッちゃいます！ あっ、あぁあーっ！ ふあっ……はぁああああんんんっ！」

身体を痙攣させて、絶頂に達した。すかさず智哉は、ひくついて収縮している膣穴へペニスをねじり込んだ。

「ああああーーーん！」

突然の侵入に芽衣子は歓喜の嬌声を上げた。

「はあああん、あっあああ、入ってくる！　中に、オチンポ……あああん！　まだ、イッてるのに！」

「ああ、締まる……」

絶頂で収縮するヴァギナは、肉棒をあっさり飲み込むと強烈に締めてきた。

「ああーーー、はぁあん！　あん、あっあっ、オマンコ、またイクイク……んんっはぁーっ……あぁあはっ……あぁんんっ……♥」

（ああ、すごい、オチンポが、私のオマンコの中に出たり入ったりしてる……！）

「結合部分、いやらしいですか？　芽衣子さんも興奮するみたいですね。オマンコの具合がますますいいです」

「あっ、はぁあっ、だって、んんっ！　ほっほんとにいやらしくて、オチンポがそんな濡れて、んんっ、ほんとに、エッチです……♥」

「オマンコがびしょびしょだからですよ。チンポがエッチな汁まみれだ」

「はぁ、やぁっ♥　はあっ、ふあっ、ご、ごめんなさい、オマンコぐちょぐちょでごめんなさい……！」

「とても気持ちがいいからいいんですよ」

「あぁんっはぁ、はい、私も、気持ちいい……あっ、あっ、ふあぁぁあーっ！　また、ああぁっ、イクッ♥　はぁ、はぁ、あぁあああーーっ！」

芽衣子は両足をくねらせて、またアクメを迎えた。

同時に肉襞が細かく痙攣して、ペニスを扱《しご》く。

「僕もイキそうです。オマンコがイクと、チンポにどんどん馴染んできて……ああ」

「はぁ、はぁ、嬉しいです、オマンコの中で、出して……ああん、出してくださぃ♥」

智哉は腰を大きく動かして、膣内をこねくると、最奥めがけて突き始めた。

「ふぁああっ、ああっあんあっあんっ♥　はぁあっはぁっ、ああん♥　な、中で、オチンポが膨らみました！」

「はい、イキます」

「あっ、あぁぁんんっ♥　きてくださいっ！　あっあっはぁっああんっ！　わ、私の膣内《なか》でイッてぇ♥」

何度も絶頂を繰り返した蜜壺は、ペニスを抱き締めるようにこちらが果てるまで放さないといった感じだ。智哉は心の底から気持ちのいい射精を堪能した。

「はああん！　出てます……！　た、たくさん、熱い精液が、ああ！　はぁああん！」

ペニスを押し付けるような体勢のため、一番深いところで射精しているという実感があった。

智哉は宣告通り、芽衣子のお腹の中に存分に精液をまき散らしたのだった。

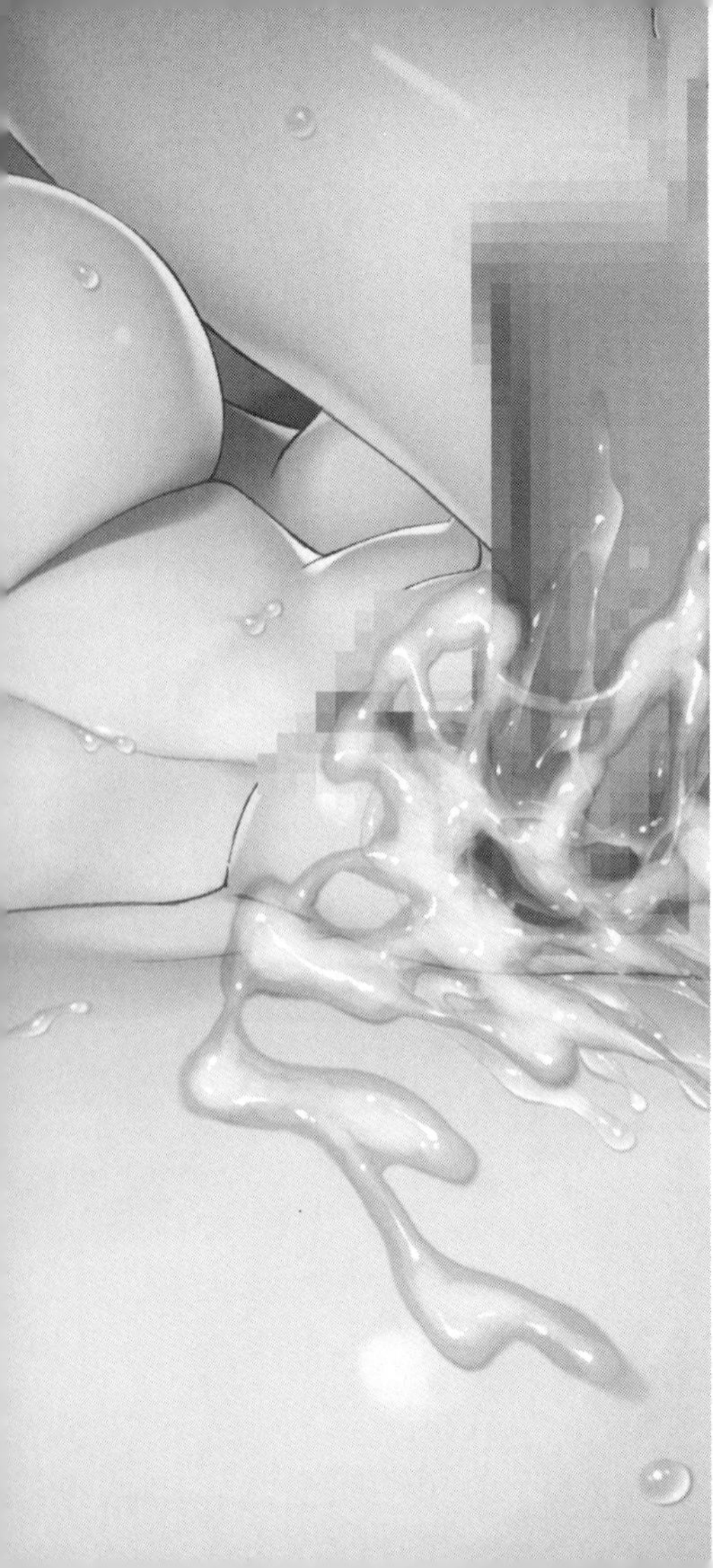

◆◆

「芽衣子チャンの出荷の日が決まったわ。あさってよ」

久津見に呼び出された智哉は、表情こそ変えなかったが気持ちは大きく落胆をした。いつ出荷だと言われてもおかしくはなかったが、あさってとは急過ぎる。

智哉はなんとか声を出した。

「それは……相手の方の都合がついた、ということですね？」

「ええ。体調を万全に整えたんですって。あ、心臓が悪いって芽衣子チャンから聞いた？」

「はい」

「そう。何が何でも芽衣子チャンを早く手に入れて、孕ませるんだって、嫌いな病院に毎日通ってさ、オジイチャンがんばっちゃったみたいよ？」

「そうですか」

（いや、こうなることはわかっていたはずだ。僕は今更何を望んでいたのだろう？）

「もう十分に仕上がったみたいだし……ちょうどよかったわね」

久津見は悪意のある笑顔でそう言うと、返事をしない智哉の顔をのぞき込んだ。

「ちゃんと、オマンコでイッて、中出しされて喜ぶメスになったんでしょう？」

「はい」

「受け答えも、所作もばっちり躾けたんでしょうね？」

「はい」

久津見が満足げに笑む。

「今回はなぜかしら？　やたらと長かったレッスンが、やっと終了するじゃない。よかったわねぇ」

やはり、無理にレッスンを引き延ばしたことが、久津見にはバレていた。

本当に愛人の都合ですぐに出荷しなかっただけである。今までのレッスンと様子が違う二人に情けをかけていたわけではない。

「はい」

「芽衣子チャンに、あさってまでに荷物をまとめるよう伝えたら、もうあんたは用なし。わかってるでしょうけど、二度とあの娘に近づくんじゃないよ？」

智哉は目を瞑《つむ》って観念した。

「わかってます」

すると久津見が右手を差し出した。

「地下室の鍵を返しなさい。あそこは、次出荷する娘が決まるまで立ち入り禁止よ」

今までは鍵を取り上げるなんてことはしなかった。もちろん智哉は出荷日が決まった娘とはセックスはしていない。レッスンも終了している。

だが、今回は違う。出荷する時間ギリギリまで、もしかするとこいつらはセックスをするかも知れない。そんなことをして、これ以上おかしな情が湧いても困る。久津見はそう判断したようだ。

智哉はポケットから地下室の鍵を取り出すと、素直に久津見に渡した。

芽衣子は智哉の書斎に呼ばれて、出荷日を聞いた。

「あさって……」

「はい、ずいぶん急ですが……なので、すぐに荷物をまとめて部屋から出られるよう準備をしておいてください」

「そうですよね、あさってなら早くしないと……あ、でも部屋が一緒の友達にはなんて言えば……」

「ルームメイトには、こちらからうまく説明をしておきますので、ご安心を」

「…………」

押し黙る芽衣子に、智哉は肩に手をあてる。

「何かと大変なことがあるとは思いますが、どうかヤケだけは起こさないようにしてくださいね」

（ヤケ……ヤケって何？　私が出荷先で粗相をするとか、どこかに逃げるとか、そういうことを心配しているの?)

「あの、智哉さん。私……」

「はい」

まっすぐに見つめられる。今、行きたくないと言っても智哉を困らせるだけだ。

何も解決したことにはならない。

(でも、この気持ちをなんとか伝えなきゃ。自分で決めた最初で最後の気持ちを……)

「いえ、あの、あ……一緒に散歩をしてもらえないですか?」

「はい、いいですよ」

そのくらいなら久津見も許してくれる。そう思った智哉は快諾した。


学院は小高い山の上に立っていて、周囲はすぐに鬱蒼と茂る森や雑木林になる。街に出るには専用の斜行エレベーターを使って下り、正門を出なければならない。

「部屋の窓から少しだけ見えるんですけど、あれってなんの建物なんですか?」

芽衣子は中庭を散歩しながら、櫓《やぐら》のような木造の建物を指さした。

「あれは展望台ですね。下界の街が一望できるそうですよ」

「そうだったのですか?」

「はい。昔はその展望台の周辺で学校行事などがあったそうですが、いつからかなくなって。今は展望台を知っている学生も少ないんじゃないでしょうか」

智哉は学院で働いているため、建物や設備など把握する必要があった。

展望台のことは他のシスターたちから聞いていた。

昔、門限を守らない学生が、展望台から雑木林を下れば、正門とは反対側の下の道に出られる。いわゆる、そこから脱走できるのではないかと言ったらしいが、試した人間は一人もいない。

整備されているのは学院の敷地だけだ。それ以外は手つかずと言っていいほど荒れた大自然が広がっていて、さすがに女子一人で行くのは危険過ぎた。

二人は中庭から裏山へ続く小径《こみち》を歩き、整備されていない土の道を登る。道の両端には背の高い雑草が生えて視界は悪いが、通れないほどではない。

「智哉さんも行ったことあるんですか？」

「さあどうでしょう。記憶を失う前に行ったかもですね」

芽衣子が何かの気配でふと足を止めた。後ろを振り返ると、あの黒猫がいた。

「え、まさかついてきてる？」

智哉も見ると、黒猫が鋭い鳴き声を上げた。

(どうして……まさか、この猫は本当に監視をしているのだろうか？)

久津見が飼っているただのペットだと思っていたが、そういえばレッスンをしているときは必ず地下室にいたし、智哉が学院の建物以外にいるときも、そばにいた。

まるで監視されていると、冗談で思ってみたこともあったが。

智哉はここへきてはじめて黒猫が不気味だと感じた。

「行きましょう」

細くくねる山道を歩いて行くと、やがて展望台が見えてきた。だが。

「立ち入り禁止？」

展望台の屋上に上る階段にロープが張られていた。

「すみません、まさか登れなくなっているなんて。老朽化が進んで危険なのかもしれないですね」

「少し登るだけでもダメ、ですか？」

展望台は、見晴らし優先にしたのか、崖の上に突き出るように建っていた。もし本当に老朽化が進んでいたら危ない。

だがここから見る限りでは今すぐ崩れるとか、そういったふうには見えない。

智哉はやや悩んだ後、自分が先に登ると言いロープを跨いだ。

階段がギシッとしなる音を立てた。芽衣子に手を差し伸べて、ゆっくりと階段を上っていく。階段の下は木々が生い茂る崖である。足を踏み外すと大変なことになりそうだった。

すると、突然、黒猫が鳴きながらこちらに向かって飛びかかってきた。

「きゃあっ⁉」

明らかに芽衣子を狙っている。

智哉は咄嗟《とっさ》に芽衣子を庇い、手で払いのけた。

黒猫はバランスを崩して、階段の隙間から雑木林に落下した。

「大丈夫ですか？」

「び、びっくりした……ああ、でも猫が……！」

鬱蒼と茂る雑木林から、姿は見えないが鳴き声が聞こえた。

「きっと大丈夫です。あとで探してみます」

「は、はい」

長い階段を上り、二人はようやく頂上に立った。

展望台の床は一部腐って落ちていたので、本当に慎重に歩いて手すりまでやってくる。

「わぁ……」

崖の上の展望台から、夕焼けに染まる市街地が一望できた。風の音と、かすかに街の雑踏も聞こえてくる。

「これは……この景色を見たら、街へ行きたくなりますね」

「はい、私もです」

二人はいつの間にか、学院という閉鎖空間にいることが当たり前になっていて、外へ行こういう気は起こらないでいた。

　特に智哉は、芽衣子に指摘されるまで軟禁状態だったということにも気づかずに。

「私、出荷されるんですよね」

「……はい」

「今まで、私は自分の気持ちを伝えず、何も考えず、ただ親が困っているからという理由で、流されてきました」

「………………」

「でも、それは間違いだって気づいたんです」

「……そうなのですか」

「お姉ちゃんが家出したように、私も逃げるべきだって……わかったんです」

「………………」

「私、ここから逃げようと思います」

「っ！」

　智哉ははじめて表情を変えた。

「逃げる？　それは、愛人として売られる前にということですか？」

「はい」

「でも、両親のことは？」

「ええ……両親のことは、やっぱり気にはなるんですけど……本当は、いくら親のためとはいえ、納得できない気持ちはあったんです。二人の借金のために、喜んで売られるなんて。まして、遊びで作った借金で、どうして私が犠牲にならないといけないのか……と」

「…………」

「今思うと、私……空っぽだったんです」

「空っぽ……」

——空の少女。以前智哉も同じことを芽衣子に対して思ったことだった。

「誰かのことを想う気持ちなんて、知らなかったし、人と肌を接することが、どういうことかも知りませんでした。空っぽだから、軽く流されてしまうし、そうなることにも抵抗がなかったって、そんな気がするんです」

芽衣子は智哉をまっすぐ見つめ、そう言った。

「今は抵抗があるということですね」

「はい。もう、はっきりと分かったんです。やっぱり、好きでもない男性とはできない、やりたくないって。相手があのおじいさんじゃなくても、同じです」

智哉は頷いた。

お金で割り切れる娘もいれば、そうでない娘も当然いる。芽衣子は割り切れなかったのだ。だが、だからといって逃げることなどできるのだろうか。

お金では割り切れない、納得いかない娘は最後まで不満や未練を持ちながら、それでも結局買われた先に行く。

出荷される娘が直前で逃げた例は、少なくとも智哉が覚えている範囲の中では、ない。

(無事に逃げられるのだろうか。だとして、どうやって……)

出荷されるときは、相手側が車で迎えに来ることが多い。大概は夜で他の生徒が出歩かない時間帯に正門にやってくる。娘は荷物を持って、久津見やシスターたちと一緒に正門に行き、車に乗ったら取引終了である。

そんな状態から逃げ出すことはほぼ不可能だ。逃げたところですぐに捕まるだろう。

問題は捕まった後である。一度逃げた娘は再び買われるのか、それとも何かの罰が与えられるのか。

久津見の冷酷な性格を思い出し、智哉は芽衣子の身を案じた。

「智哉さん」

「はい」

「……智哉さんも一緒に逃げませんか？」

「…………」

智哉は鳩が豆鉄砲でも食らったかのような驚愕の顔をした。反面、冷静に、今日は驚いてばかりだと思う。

か？」

「はい。智哉さんはこの学院に閉じ込められてるんですよ？　ずっとここにいたいですか？」

ずっといたいかと聞かれても、答えに窮してしまう。他に行く当てがない。自分には記憶がない。実家も生まれ育った場所も分からないのだ。

でも。

「芽衣子さんは、僕といたいのですか？」

芽衣子は顔を赤くして頷いた。

「好きでもない相手に抱かれたのですよ？」

「好きになったんです……！　私、途中から智哉さんのことが好きになって……でも、出荷されるから思いを断ち切ろうと、したんだけど……愛美璃さんと恋人同士になればいいって思ったんだけど……」

「芽衣子さん、だからあのとき、やたら愛美璃との仲を聞いてきたんですね？」

「そうです……でも、断ち切れませんでした。私、やっぱり智哉さんのことが好きです。だから一緒に。私と一緒にここを出て、なくした記憶を探しませんか？」

「一緒に、逃げる？」

「…………」

智哉は芽衣子によって様々なことに気づいた。ここにいる自分はいったい何者なのか、そして、ずっとこのままでいいのか、と。

芽衣子を抱いて、ただの仕事ではなく、心から身体を重ねる喜びも感じた。

芽衣子のことを特別に感じている。それが恋愛感情なのかは分からないけど、今一緒に逃げようと言われて胸が高鳴っている。

夕日に暮れる市街地。そこではどんな人がどんな暮らしをしているのだろう。分からないけど、ここよりもきっと自由で楽しくて、つらいこともあるだろうが、選択の自由はあるのだろう。閉じ込められたり、思いもしていない人と一緒にさせられることはない。

智哉は生まれて初めて緊張と期待を胸にした。

芽衣子と一緒に自由を満喫する。

「わかりました。一緒に逃げましょう」

「っ！　ほ、ほんとですか⁉」

「はい。僕もここに一生閉じ込められるのはごめんです。それに、芽衣子さんと外に出てみたい。そしていろいろなものに、一緒に触れたいです」

芽衣子は嬉しさのあまり身体が震えた。智哉に何度もありがとうと礼を言う。

「ただ、愛美璃の意見も聞きたいのですが、いいですか？　彼女のことは放っておけない、そんな気がして」

「わかります。愛美璃さんも一緒に逃げてくれたら私も嬉しいです」

「ええ、彼女もここから逃げたいと望んでいるなら、一緒に」

芽衣子は力強く頷いた。

「信じられないです。突然こんなこと言って、断られるに決まっているって、そう思っていたんですけど、言わなかったら後で一生後悔する、大事なことって、自分がしたいことをすること。そう思ったから、私……」

「すごいですよ、芽衣子さんは。最初に出会った頃とはまるで違います」

智哉は茜空を見上げる。

「空っぽなのは、僕のほうです。空っぽだから、命令されるまま流されてきた……そしてそれを疑問にさえ思わないのは、僕が何も知らないから」

芽衣子はそっと寄り添う。その手を、智哉は繋いだ。


展望台を降りた二人は。改めてキスをした。

いつもなら地下室でレッスンなのだが、今はもう違う。野外でキスを繰り返す。誰からの指図も命令も受けない、本当の自分として互いを求め合うのだった。

芽衣子の足を抱え、すでに濡れている秘部に智哉のペニスが差し込まれた。

「んぁあああっ、はぁっ……くっううん！」

芽衣子は立ったまま、下から最奥まで貫かれていく。苦しそうに肩で息をするが、侵入してきた肉棒を早速扱いていく。

「んっ、んんっはぁ、あ、ああんっんっ……♥」

「大丈夫、ですか？」

「は、はい、大丈夫、です……んン、はぁっ、はぁっ、はぁ」

繋がったまま、二人はじっくりと唇を重ねる。

角度を変えて何度も繰り返して、舌を絡めた。

「ん、ちゅ、ちゅぴ、れろ、れろ……ちゅう……ん、はぁ♥　んんっちゅ」

キスの刺激なのか、じっとしているが芽衣子の蜜壺はキュウキュウと締め付けていた。

「いつもより興奮してますか？」

「はふ……ん、ちゅっ……そ、そうかもです。初めての、外で……智哉さんとこんな恥ずかしいことをして……ん、ちゅぷ、れろれろちゅく」

「僕も野外は初めてです」

「そうなのですか？　あうっ、ううぅん♥」

智哉のわずかな腰の動きも、刺激になった。

「あの地下室以外でするのも、命令以外でセックスをするのも、はじめてです」

「はぁ、はぁ、そうなの、ですね」

「はい。レッスンではなく、今芽衣子さんと繋がりたいから、しました」

「わ、私も……初めてなんですね、初めて、したいからしてるんだ……」

嬉しいのか、芽衣子の瞳に光るものが浮かぶ。

智哉はそれを見て、今まで感じたことのない感情がこみ上げてきた。

それは嫌なものではなく、心がじんわりと熱くなる感覚。

今まで性行為自体は、嫌というほどしてきたのに、知らなかったような暖かな感覚が、全身を包んでいる。

(もしかしたら僕は芽衣子さんと一緒に泣きたいのかも知れない)

お互い、したくてしている行為に際限ない自由を感じる。なぜ今までしなかったのか、自ら行動を起こさなかったのか。

智哉は不思議に思ったが、相手が芽衣子だからだと思った。

(愛美璃の言った通り、僕は芽衣子さんだから、新しい自分に気づいたのだ)

「はんん、もう耐えられません、智哉さん。オマンコ激しく衝いてください」

差し込まれたまま動かないのは生殺しのように切ない。芽衣子ははしたないと思いながらも自ら智哉を求めた。

「嬉しいです。では動きます」

「は、はひ……動いて、ください。思い切り、オマンコ衝いて……」

智哉は腰を落とすと、一気に上に衝き上げるように動いた。芽衣子の腰が浮く。

「はぁあん！　あん、あっあっあん！　はぁあっ、オチンポが奥に♥　ふあっあああん」

二人の淫液が混じり合って、結合部を冷たく濡らしていた。外でしていると風を冷たく感じるが、そのぶん、体内の温かさを実感した。

「あぁあっ、ふあぁっ、んちゅっ♥　んんっ♥　はぁ、はぁ、ああっ！」

キスをしながらだと余計に感じるのか、芽衣子の蜜壺はまるでぞうきんでも絞るかのように圧搾して擦る。智哉は堪らなくなった。

ゆっくりと動いている間に十分射精感は高まっていた。

「はぁ、はぁ、うっ……もう出ます……！」

「はっ、はぁあーっ！　膣内《なか》で、膣内で出してくださいねっ？　オマンコの中で、ぴゅっぴゅってしてぇっ♥　んんっ、あぁあーっ！」

「うん……！」

これまで彼女に中出しを繰り返してきたのは、そういう指示をされたからでもあった。

でも今は、指示など関係なしに、智哉は自分がそうしたいと思った。

ピストンを速めて具合の良い箇所を攻めていく。

「あぁっ、あぁあーっ、イクッ……！　あぁあっ、イッちゃいます♥　んんぅんっ！」

「くうぅ……！」

「あっ、ぁあああーっ……！」

智哉の精が放たれ、膣中の肉壁に容赦なく掛けていく。

「はぁあ、ああうぅん！」

芽衣子も同時に絶頂に達したのか、ビクビクと足を痙攣させて仰け反った。

「はぁ、はぁ、ああ…ぁ〜、智哉さんの精液、はぁ、はぁ、オマンコにたくさん……♥」

「は、はい、たくさん、出ました……うう、芽衣子さんの中が、また締まる」

「気持ち良くて……あぁ、うん、オチンポ、まだ大きいです。今日も続けてしてくれますか……？　はぁはぁ、んんっ……」

「うん……僕も続けてしたいです」

芽衣子さん嬉しそうに身体を震わせた。ペニスが勃起すると、オマンコは途端にしっとりと吸いついてくる。

造りの良さだけでなく、そういう反応も含めて、本当に極上のオマンコだった。

「少し体勢を変えますね。ずっと片足立ちも疲れそうです」

「ん……♥　あ、でもあの、抜いて欲しくない……です」

「え？」

「あの、オチンチンは放したくない気持ちなんです」

芽衣子は蜜壺をぎゅっと締めた。意識して膣に力を入れられると、射精したばかりのペニスがむずむずとしてくる。

「そうですね……、ではこんな感じでしょうか」

智哉は両腕で芽衣子を抱きかかえた。お互い正面を向いて、芽衣子は抱っこされている状態である。

「す、すごいです智哉さん、力持ち……」

「そうでもないです。芽衣子さん、軽いですから」

「そうですか……?」

「おっぱいやお尻が大きいわりには軽いです」

「うぅ……」

「あ、すみません、発言が少々あけすけでした」

「ふふっ……いいです。おっぱいもお尻も、もう何度も見せてしまっていますから」

「そうですね。とても魅力的な身体です」

智哉はそう言うとゆっくりと腰を揺すり始める、先ほど射精した精液がぽたぽたと、枯れ葉が積もる地面に落ちた。

「はぁ……ああ、あの、キス……キスして……?」

「ン、ちゅ……」

「んふぅんちゅ……♥ んんちゅぅ、ちゅぷく、ちゅく、んんちゅる……♥」

芽衣子は智哉の首にしっかりと抱きついて、すぐ近くにある唇を貪った。口唇でも繋が

ると、下の口がまた智哉自身をきゅうきゅうと締め付けてくる。それは射精直後のペニスにさえも充分な快感で、智哉の腰は自然と揺らめいていた。

「あっ、ふあぁあっ、んちゅ、はあはぁ、んんちゅ、あはぁあっ、んちゅ、んんんっ」

「苦しくないですか？　ちゅ、ちゅ」

「ちっとも。だって、はぁはぁ、んちゅ、せっかく顔も近いですから、嬉しくて」

そう恥ずかしそうに笑った芽衣子に、智哉は見とれた。

今までレッスンして無事に出荷するまでが智哉の仕事で、それを使命にしていた。

相手の子を仕事以外でじっくりと観察したり、他に感情が湧くことなどなかった。

智哉は初めて、芽衣子は可愛いと思った。

「んっ、ちゅぷちゅっぷ、れろっ……はぁ、はぁ、んんちゅ、オマンコ、すごいぃ……ぐちょぐちょにかき回されてるよぉ……んん、ちゅっ♥」

ずんずんと衝き上げるようにして動くと、堪らないのか芽衣子はキスをしながら嬌声を漏らす。

「ひぃうんんっ♥　はあ、はぁっ　ああっあんあんっ！　お尻、浮いちゃいますぅ！」

二人が弾むように連動して、絶頂が近くなった。

ペニスで繰り返しかき回され、液体をたっぷり含んだ蜜壺は、強めの動きもしっかりと受け止めて放さない。

「くぅっはぁ、はぁ、気持ちいい……。イクよ、芽衣子さん……！」

「はぁっはぁ、はひぃ！　私も、もうイクのぉ……♥　ちゅー、ちゅーしてくらさぃいっはぁあふっううん！」

　智哉はかぶりつくように芽衣子の唇を奪う。そのまま舌を絡め合い、肉棒に力を込めた。途端、弾けるように精液が放出された。

「んっんんん～～～～！　はぁっ、あぁ……んんんくぅんんっ！」

　芽衣子もアクメに達したようで、身体を震わせながら射精を感じる。

　ヴァギナが忙しく痙攣して、射精する肉棒をまだ締め付ける。

「うう、くっふうぅぅんっ」

　あまりの気持ちよさに、智哉も堪らず鼻から嬌声が漏れた。

「んふ、んんん、ふぅううん……んうちゅ……っはぁ……はぁ……智哉さん……」

芽衣子の瞳から涙がこぼれる。その涙を智哉が唇で拭う。

二人は心の底から満足し、互いを強く抱きしめるのだった。

◆◆

「え、逃げる？」

「うん。愛美璃も、ここが嫌なら一緒に」

智哉は、明日、芽衣子の荷造りを手伝うフリをして、どうやって逃げるか相談をすると約束して、いったん部屋に戻ってきた。

そこで早速愛美璃にことの次第を伝えたのだが、愛美璃の表情は険しくなった。

「そ、そう。ここから逃げようって芽衣子さんと約束をしたのね」

「ああ」

「いいと思う、賛成よ。ただ……」

愛美璃は何かに怯えるように、ソワソワと周囲を見渡した。この部屋には自分たちしかいないというのに。

「ただ、逃げ切れるか、どうか」

「確かに。そのことも明日相談するんだけど」

「あと、逃げた後はどうするの？　芽衣子さんの親は頼れそうにないけど……」

「それに関しては、こちらに戻るときに芽衣子さんがお姉さんに電話をして、助けてもらうことになったよ。街での暮らしを援助するって。それと、逃げるときも車で正門まで来てくれるって。だから、この学校の敷地から脱出できさえすれば、どうにかなるんじゃないかな」

愛美璃は頷きながらもまだ不安そうだ。そんなに上手くいくだろうか、何せあの久津見である。逃げたと知った途端何をしでかすか分からない。

それに逃げられず捕まったとき、芽衣子は無事でいられるだろうか？

「逃げた後のことを言えば、むしろ問題は僕だと思う。月の半分は昏睡しているわけだからね」

「芽衣子さんはなんて？」

「それでもいいって。全然構わないって……起きている間はなるべく彼女の役に立つことをしないとね」

智哉はそう言って照れたようにはにかんで見せた。その顔に、愛美璃は少し安堵して落ち着く。

「智哉も、今やその気になっているということなのね」

「そうかもしれない」

「あなたに、したいことがあるなら、それは尊いことだと思う」

「ありがとう。それで、愛美璃はどうする？　君のことはどうも放っておけないんだ」

愛美璃は静かに微笑んだ。

「ええ、あなたが逃げるなら私もそうする。ただ……一緒というのは、やめておいたほうがいいと思う」

「そう？　なんで？」

「三人でぞろぞろ移動したら、見つかったり捕まったりする危険が高まると思うから」

「ああ……そうかな。まだどうやって正門まで行くか考えてなくて」

「それに私が一緒だと、芽衣子さんが複雑な気分になっちゃうかな」

「どうして？　芽衣子さんは、愛美璃に相談して一緒に逃げるならそうしたいって言ったら大歓迎だったよ？」

「え～？　まったくもう、ふふ。本当に優しい人ね、芽衣子さんて」

「そうだね、優しいね」

よく分かっていない返事をされて、愛美璃は笑った。

「ま、それはいいとして。どうやってここから出るか、よね」

「そうなんだよ。人目を避けてとなると、どうしても夜間になるだろうし」

愛美璃はノートを持ってきて、学院の敷地図を描いた。

「学生やシスターたちが外に出るときは、この斜行エレベーターで山を下りて正門までいくわよね」

「そうだね」

「このエレベーターが使えれば楽だけど、逃亡しようってときに、そうもいかないわよね。日中はシスターがいるし、夜間は門限を過ぎたら門番みたいにここに立っているし、電源も切られるわ」

愛美璃の図によると、学校の敷地は、南に面するようになっている。その斜行エレベーターも南側にあるわけだが、北側はというと、空白になっていた。

智哉はふと、門限を守らない学生の話を思い出した。

正門に行くのが難しいなら、展望台近くの雑木林からならどうだろう。

「なんとかシスターたちを斜行エレベーター付近から、いなくさせる方法はないかしら」

「北側には何があるの？」

「特に何も……森というか、雑木林が広がっているだけじゃないかな？　あ、まさか、ここから？」

「門とか壁とか何もないよね」

「ないけど、でもかなり険しいんじゃない？　私も実際どうなっているか分からないけど、展望台から見た限りでは日の光も届いてないみたいに真っ暗だったわよ？　壁がないってことは、ここから誰かが出入りする心配がないってことだから」

「そうだよね。でも他に道がないなら……エレベーターの電源は落ちていてもすぐ横に狭い非常用の階段があるから、それで降りられるかもだけど、問題はやっぱりシスターたちだな」

「そうね。なんとか気を逸らしていなくさせるか、本当にこっちの展望台のほうから行くか……」

　智哉は地図を睨みながら、どうにかして脱出する方法を模索した。


　月が明るい。敷地内を歩いていた智哉は巡回をしているシスターたちに一礼をする。

「シスター依子、こんな時間にどこへ？」

「院内で使う備品を探しに、倉庫へ」

　シスターたちは納得したのか、会釈をしてゾロゾロと列をなして歩いて行った。向かった先は斜行エレベーターである。やはりあそこを中心に見張りをするのだ。

　智哉は寮側にある倉庫にたどり着いた。ここで逃亡に必要な備品をいくつか揃えておこうと思ったのだ。

　懐中電灯を見つけて、二本ほど拝借する。倉庫には角材やシャベルがある。一瞬、逃亡中に力尽くで誰かに邪魔をされたらどうしようと思う。

シャベルを手に持ってみるが、自分がその相手と戦っている姿は想像できなかった。

とはいえ、懐中電灯だけというのも心許ない。

智哉は部屋に戻って、キッチンにある刃物を忍ばせようと決めた。これなら戦わなくても、脅しに使える。

それと、最善の方法はやはり、隠れるようにして誰にも気づかれず脱走するのが一番好ましい。自分も芽衣子も怪我をせずに済む。

「そうなると、やっぱり展望台からか……」

智哉はシャベルを置いて、倉庫から出た。

第四章　異形の追っ手

久津見の膝の上に載った黒猫は、恨めしそうに智哉を見て鳴いた。

「骨折ですってよ。可哀相に。あんた、何か知らない？」

智哉は黒猫から目を逸らさずに「いえ」と短く答えた。

翌日、久津見から呼び出しがあった。智哉は、芽衣子と脱走する計画がバレたのかと覚悟して出向いたが、そうではないようだ。

右足に包帯を巻いた黒猫が唸る。

「そう……ところで、芽衣子チャンの荷造りは進んでいるかしら」

「はい、順調です」

「あ、そう。よかったわ、最後にゴネられたらどうしようかと思って」

「……もし、ゴネられたらどうすればいいのでしょうか」

「そんなの決まってるじゃない。その場で力尽くで拘束して、荷物と一緒に愛人宅へ送るわ。あんたも、今まではみんななんとか手を煩わせずに出荷されたけど、そうとも限らないから……例え芽衣子チャンでも、ゴネたら縛り上げるんだよ」

「はい、わかりました」

一礼をして部屋から出ようとする。

「ちょっと待った」

久津見が呼び止めた。黒猫を抱っこして撫でながら近づいてくる。

智哉の心臓が早鐘のように鳴る。

「万が一逃げられたら……あとはこっちの仕事だからすぐに呼んで」

「……仕事？」

「逃げられたあんたにもそれなりの罰を与えるけど、芽衣子チャンはどうなるか……ひとこと言っておくわね」

久津見の冷たい声が耳を撫でた。

「もし芽衣子チャンに泣きつかれても、下手な正義感は持たないことね。ヒーロー気取ったってなぁんにもいいことなんてありはしないんだから。あんただって、彼女を、原型をとどめたまま出荷したいでしょう？」

――原型をとどめたまま、出荷？

智哉は言葉の真意を探って、鳥肌を立てた。

つまりもし逃亡したことがわかって、久津見に捕まれば、芽衣子の身に異変が起きるということである。

漠然としか知らなかったことが、今ここで具体的にわかった気がした。

「……芽衣子さんなら大丈夫です。素直に出荷されることを受け入れてましたから」

智哉はなんとか平静さを保って、でまかせを言った。

「まぁそうよね。ガチでクズの親を救うために、ここまで頑張ってきたんだものねぇ」

智哉は一礼をして、今度こそ部屋を出て行った。


授業中だが、久津見の命令で芽衣子は部屋にいて、荷造りをしていた。といっても形だけである。芽衣子は着の身着のまま逃げるつもりでいた。

もともとこの学院に入学したときから。ほとんど荷物などなかった。

スマホと少ない現金だけだ。

窓の外を見ると、鬱蒼と茂る森の奥に、あの展望台が見える。

今朝早く教会堂で智哉と会った。愛美璃と相談したが、やはり展望台から雑木林を抜けて正門とは逆の側から出たほうがいい、そんな話をした。

そのとき、智哉に渡された小型の懐中電灯を握りしめる。今夜九時、教会堂の前で待ち合わせだ。

芽衣子のスマホが鳴った。姉からである。

昨夜、姉にこの学院から逃げたいことを伝えると、姉はすぐに決断してくれた。

あの親の言いなりになんてならないで、後のことなんて心配しなくていい、お姉ちゃんがなんとかする。その、一緒に逃げてくれる男性と必ず逃げてきて……と。

姉からの心強い言葉に、背中を押され、勇気が湧いてくる。なんとしても智哉と一緒にここから逃げるのだ。

姉からは、今家を出た、夜にはそちらに着く、何時になっても車で待ってるから、という内容のものだった。

（いよいよ本当に逃げるんだ、ここから）

芽衣子は緊張と不安で押しつぶされそうになるが、智哉を信じて時を待った。

◆

午後九時になった。辺りは静まりかえり、敷地内に学生の姿はない。

約束通り、智哉と芽衣子は教会堂の前で会ったが、すぐに物陰に隠れる。

今は学生の姿はないが、シスターたちの巡回の時間だ。見つかるわけにはいかない。

「大丈夫でしたか？　誰かに見られたりなどは？」

「大丈夫です。部屋の友達は他の部屋に遊びに行ってますし、寮を出るときも誰にも会いませんでした」

いつもよりも早口だった。さすがに緊張を隠せないようだ。

「では、早速行きましょう」

「は、はい」

歩き出すと、芽衣子の足取りは見るからにぎくしゃくしている。智哉が落ち着かせようと、そっと手を握った。

「大丈夫ですから」

「は、はい……絶対大丈夫、ふぅ、はぁ……」

芽衣子は深呼吸をして自分を落ち着かせる。二人は早速裏庭へと進んだ。

「お姉さんは来てくれていますか？」

「はい、大丈夫です」

スマホを見ると、まだ到着したというメッセージはない。だがもう間もなくだろう。

学院内の裏庭を抜けると急に灯りが乏しくなった。だがまだ懐中電灯はつけない。巡回しているシスターに気づかれてしまうかもしれない。二人はなんとか目をこらして土の道を上る。

やがて立ち入り禁止の黄色いロープが見えてきた。展望台に着いたのだ。ここに来ると開けている場所のおかげか月明かりが眩しいほどで明るかった。

周囲が見渡せて少し安心する。自分たちの他に人影や気配はない。

ここまでは既知だが、ここから先は未知の領域である。

智哉は愛美璃が描いてくれた地図を広げた。

ここから北の方角に降りて進むと、市街地へ続く道路へ出るはずだが、そこに行くまでは森になっている。実際に愛美璃も行ったことがないので分からないと言っていたが、かなり険しいはずである。

「道もないようなところを降りていくことになりますので、足元にはくれぐれも気をつけてください」

「はい」

二人は懐中電灯をつけて、展望台そばの雑木林へ足を踏み入れた。

雑木林の中は、完全に闇の世界だった。足元を、弱い光がぼんやりと照らす。

愛美璃によると、斜行エレベーターは全長三百メートルほどだという。

エレベーターのほうはかなりの急勾配だろうから、こちらの斜度からすると、倍はあるかもしれない。

ゆっくり歩いているが、芽衣子の息が乱れていた。

「大丈夫ですか？」

「はい、ふぅ……あの、ここって本当に誰も通らないのでしょうか？」

「と、言いますと？」

「険しいんですけど、なんだか地面が少し踏み固められている気がして」

言われてみれば、今歩いている道は全くの獣道ではなかった。

大きな枯れ枝が落ちていたり、地面から岩が突出しているが、足を置く場所を間違えなければなんとか歩いていける。誰かが何度も通って山道を作ったように思えた。

智哉はふと不安になった。

だとすれば、誰がここを通るというのだろう？　一番考えられるのは学院の職員たちであるが。

「智哉さん、もしかしてここも、学院の……」

「かもしれません」

二人は足を止めて周囲を見回す。だがやはり人の気配はない。まだ二人がいなくなったことに学院側が気づいていないのか、それとも。

「罠か……」

芽衣子が、ギュッと智哉の手を強く握った。

自分たちは、逃げているつもりで、ひょっとして蟻地獄の底に向かって、落ちているだけなのでは……？　そんな不安が脳裡を過《よ》ぎる。

だがここで引き返すことは、計画の終了を意味する。

「もう少し進んでみましょう」

罠かもしれない反面、誰かがこの道を通ったのであれば、案外道路へ出るのは容易《たやす》いのかも知れない。

今のところ怪しい気配はない。できればこのまま進んで学院の外へ、道路まで出たい。

芽衣子も同じ考えになったのか、頷いた。

誰かに踏まれたような折れ曲がった雑草の上を歩く。

やがて、何かが見えてきた。

「あれはなんでしょうか」

智哉が懐中電灯で照らしてみると、白い岩肌に、ぽっかりと穴が開いているのが見える。洞窟のようだ。

「こんなところに……」

智哉は左右の岩肌を照らすが、ただ切り立った岩壁が続いているだけだ。

ここから向こうへは岩肌を登るか、洞窟の中に入って出口を探すしかない。つまり、実質行き止まりになったのだった。

「じゃ、この洞窟を抜けないといけないってことですか？」

「おそらく。でもこの穴がどこに続いているのかはわかりません」

道路に出られるのか、それとも行き止まりなのか、智哉には判断できなかった。ただ、今歩いてきた誰かが通ったような道は、この洞窟の前で途切れている。

中に入ることはできるようだ。芽衣子もそれに気づいて、やって来た道と洞窟の入り口を何度も見た。

「もしかすると向こう側へ出られるかもですね」

「ええ、行ってみますか」

「はい」

二人は意を決して洞窟の奥へ入ってみることにする。

洞窟の中は狭く、水たまりが所々にあって足下が濡れた。だがコウモリといった害獣はいないようである。

湿ったかび臭い匂いが、ある地点まで来ると変わった。

それは滞留し澱んだ空気で、かすかに異臭がする。進んでいくとその異臭はいっそう濃くなった。

「これ、動物の匂いですか？」

「獣臭というより……これは……腐敗臭ですね」

智哉は、有機物が腐る匂いに感じた。

「奥で、何かの動物が死んでいるんでしょうか」

「かもしれません」

そう言いながら智哉はこの洞窟が行き止まりだと確信する。

異臭が混じった空気の淀みは重くそこに溜まっているだけで動かない。風はどこからも流れてきていない。反対側に出口はないのだ。

智哉はこれ以上進むのはなんだか危険な気がして振り返った。

「芽衣子さん、やはり引き返して外に出……」

芽衣子が悲鳴を上げた。

「どうしました？」

「い、今、そこに、足……！　ひっ人の、足のようなものが見えました……！」

智哉は洞窟の隅の暗がりを照らすように、懐中電灯を向けた。

白い、マネキンの足のようなものが見えた。

ひとつではない。

「っ⁉」

そこには、無数の人間がいた。全員女性のようだ。裸でピクリとも動かない。

ある者は首から脳天が割れ、ある者は肩に掛けてざっくりと裂けている。

吹き出したであろう血は固まり黒く変色していた。

無機質に転がされているが、明らかに死体である。穴の奥はやはり行き止まりで、白骨化した遺体も見てとれた。

腐臭はここから漂っているのだ。

「ど、どうして？　こ、これって……！」

智哉はパニックになる芽衣子を抱きしめて、目を覆った。

「見ないでください」

「あああっ……ううっふぅっ……！」

芽衣子がショックのあまり嗚咽を漏らす。

智哉は手前にある死体に見覚えがあった。三ヶ月ほど前に自分が調教した少女である。最後まで納得がいかない様子だったが、大人しく出荷された。出荷された先で、なんとか暮らしているのだろうと思っていた。

その娘がなぜここに、無残な姿となっているのか。そして確信する。

(この死体はみんな、学院の学生だ)

原因は不明だが、出荷された先から逃げた、もしくは返品された。それとも……。

(自分たちと同じように、出荷される前に逃亡を図ったか……)

そして捕まったのか、途中で事故に遭ったか。とにかく死んでここに遺棄された。

誰かが通ったような山道は、ここに遺体を運ぶための道なのだ。

誰が運んだのか。

(学院の連中だ。久津見やシスターたちだ)

「出ましょう、芽衣子さん」

「ま、待って……！　この人たち、同じ学生じゃ……」

「おそらく」

芽衣子は震える手でスマホを構えると、シャッターを切った。

「こっこの死体と、もし、この学院が何か関わっているなら、だ、大事な証拠になります」

震えながら言う。芽衣子の機転の早さに智哉は感心した。

智哉は芽衣子を抱きかかえるようにして洞窟から出た。

「彼女たちは、私と同じように出荷された娘たちなんでしょうか」

「そうかもです」

「どうして？　出荷された先で暮らしているんじゃないんですか？」

智哉は分からないといったふうに首を振った。自分の考えが当たっているとは思いたくなかったし、それを芽衣子には言いたくなかった。

「わかりません。この学院は売春以外にも何か犯罪を犯していたかも」

「こ、殺されたってこと？　シスターたちに？」

「芽衣子さん」

智哉は立ち止まって芽衣子を見た。

「誰に殺されたのかはわかりません。事故に遭ったのかもしれません。でも、これは明らかに警察の案件です」

警察と言われて芽衣子は我に返った。

「そ、そうですよね。これって、事件ですよね」

「ええ、なのでもう僕たちは、無理に逃げることはしなくていいんです。警察に通報すればここにやってくる。死体を発見できれば、この学院は終わりです。外へ出られます」

芽衣子は何度も頷く。

今まで学院内に住んでいて、知らない間に考え方が閉鎖的になっていた。死体があったのだ。これはもう自分たちでどうにかできる問題ではない。

「そうですよ、もう私たち、普通に外へ出られます」

「はい」

二人は洞窟から離れると、元来た道を戻りながら芽衣子のスマホで警察に連絡を入れた。

学院の中庭は静まりかえっていた。巡回しているシスターたちも見当たらない。薄気味悪いほど静寂に包まれている。

芽衣子がふと寮を見上げると、部屋の灯りはどこも点《つ》いていない。就寝時間ではあるが、廊下や談話室などは深夜まで灯りが点いているというのに。

「何か変だわ、智哉さん」

「ええ、静かすぎます」

「あんたたち」

　中庭に響く声に振り向くと、教会堂の前に久津見がいた。芽衣子が怯えて、智哉の背後に隠れる。

「警察に通報したのはあんたたちね？　ウチに折り返し連絡があったんだけど」

「ええ」

「どういうつもり？　門限はとおに過ぎているんだけど。二人してどこで何を見てきたのかしら？」

「洞窟の中の死体です」

「へえ？」

　死体と聞いても、久津見の表情は変わらない。慌てる様子もなく、だからどうしたとでも言わんばかりにふてぶてしい態度だ。

　芽衣子がポケットからスマホを取り出した。

「しょ、証拠だってあります！」

「あらそう、証拠ねぇ。見せてごらんよ？」

　芽衣子は先ほど撮影した洞窟の画像を探すが、そこには何も映ってはいなかった。洞窟の中を撮影した画像だけ黒くなっているのだ。

「ど、どうして？」

智哉にも、さっぱり原因が分からなかった。

「何かしたのか？」

「はあ？　アホなのあんた。私がどうやって芽衣子チャンのスマホに細工するってのよ。見間違いよ、死体なんて。フフ、何それ？　くだらない映画でも見たのかしらね？」

久津見が一歩前に踏み出す。智哉と芽衣子が後退《あとじさ》る。

「それにしても、ずいぶん大胆なことしてくれるわね、芽衣子チャン。あんた明日出荷なのに、このアホと学院の外に出てデートでもしたかったわけ？」

九津見は、口元に笑みはたたえていたが、目は笑っていなかった。

「契約も完了したっていうのに、逃げようだなんて……これはやっぱり、あんたのせいかしらね？」

久津見が智哉を睨む。

「わざわざ忠告してやったのに、やっぱりもうダメね、あんたは」

「僕も、殺すんですか？」

「はぁ？　フフフ、殺す、ねぇ……本当にそれができるなら、あんたは今頃生きちゃいないわよ」

「シスター久津見」

声のしたほうを見ると、体格の良い中年男と若い男が二人、こちらに向かって歩いてきていた。スーツ姿だ。

特に智哉は学院の外には出ないから、そんな姿の男性が新鮮に見える。

「本当に申し訳ございませんわね、財前《ざいぜん》さん、大山《おおやま》さん。こんな夜中にわざわざご足労いただいて」

「いやいやいや、朝だろうが夜だろうが、いつだって駆けつけますよ。なぁ？」

「はい」

体格が良い中年男を財前、若い男のほうを大山というらしかった。

「えー……で。所轄に、通報が来たようですが」

どうやら二人は刑事のようだ。手帳を取り出して、智哉たちに近づく。

「本当にご面倒をおかけしまして。この子たちったらどうも、寝ぼけて幻覚でも見たみたいなんです」

「ほぉ……幻覚？」

芽衣子が言った。

「げ、幻覚なんかじゃありません！　あ、あの、刑事さん、本当なんです。本当に、洞窟に、死体が……女の子たちの死体が、たくさんあったんです」

だが二人の刑事は笑い声を上げた。

「本当……本当なんです！　そうだ、一緒に来てくれませんか？　見れば……見てくれれば、刑事さんも……！」

「その、洞窟ってやつに？」

「そ、そうです」

財前刑事が芽衣子に詰め寄った。

「行けというなら行くが……その代わり、お嬢ちゃんは何をしてくれるのかな？」

「え……？」

智哉は芽衣子を庇いながら後退った。そして迂闊《うかつ》だったと後悔する。

学院の触手は所轄の警察にも伸びていたのだ。

つまりこの刑事たちは久津見の仲間《グル》である。

「もうね、オジサンたちは、階段を上り下りするだけでもヒザがきついのよ。メタボな腹がぷるぷる波打っちゃうのよ」

「財前さん、オレはバッキバキに割れてるッスよ」

「うるせーなぁお前は。なんでまぁ、お嬢ちゃんがなぁんかしてくれなきゃ、洞窟まで歩くなんて、とてもとてもできねぇなぁ」

「え、な、何？　何言ってるの？　刑事さん……」

「芽衣子さん、下がるんだ。この人たちはこの学院とグルだ」

「え、え？」

久津見が言う。

「この娘に、ナニをしてもらえばいいんじゃないかしら」

久津見の発言に、二人の刑事は食い付くように振り返った。

「い、いいんですかいっ？　だってこの子、商品じゃ……」

「ええ、どうぞ。確かに商品ですけど、ちょっとオイタが過ぎましたの。どうか、この子に、女としての礼儀を叩き込んでやってくださいな」

「いやはや、これは嬉しい……そうして『おもてなし』をしてくれるから、朝だろうが夜中だろうが、つい張り切って駆け付けちゃうんですなぁ我々は」

「マジすか、やったぁ！　めっちゃ可愛いし、やばい、おっぱいもデケェッ！」

二人がジリジリと智哉たちに迫ってくる。

（警察が来てくれたと思ったのに、やはり逃げるしかないのか。でもどうやって？）

「智哉ぁ？　あんたいつまで芽衣子チャンを庇ってるの？　こっちに戻ってきなさい」

「僕は……」

「勘違いするんじゃないって言ってんだろ。あんたなんか、なんにもできないんだよ！　せいぜい指くわえて、芽衣子チャンがおしおきされるところを見てるんだね」

頭の中で何かが音を立てて弾けた。

智哉は咄嗟に構えると、若いほうの大山刑事の顔を払うと同時に、二本指で目を掠めた。

「いっ……!?」

大山刑事が目を覆いながら前屈みになったところへ、すかさず股間を蹴り上げる。

「ぐうっ」

苦しそうに呻いて前のめりで倒れる。

それを中年の財前刑事がポカンとして見ていた。

「この」

反撃されるとは思ってなかったのか、財前刑事は慌てて智哉に掴みかかるが、

「ぎゃっ」

智哉は正面から刑事の膝を蹴った。

骨が折れるような鈍い音が鳴って、膝が逆方向に曲がる。

財前刑事はその場に尻餅をついて苦悶する。ほんの数秒で、智哉は体格の良い刑事二人を見事に伸したのだった。

久津見が目を丸くする。

「驚いた……あんた、とうとうそこまでするように……」

何か言っているが最後まで聞かなかった。智哉は芽衣子の手を握ると、斜行エレベータに向かって走った。

「はぁ、はぁ、す、すごいです、智哉さん……!」

走りながら芽衣子に言われるが、智哉は黙ったままだった。

自分でもなにがどうなっているのか分からなかった。咄嗟に反応してしまったとは言え、確実に急所を狙えた。

もしかすると、記憶をなくす以前に智哉はあの刑事たちと知り合いで、まさか攻撃されるとは思わず警戒されていなかっただけかも、と思うが。

(抵抗はできても、的確に、しかも冷静に攻撃なんてできない。僕はいったい何者なのだろう？)

やがて二人は斜行エレベーターにたどり着いた。先ほどの刑事たちはこれを使って登ってきているはずなので、電源が入ったままかも知れない。

智哉が昇降ボタンを押そうとしたとき。

「きゃっ？」

芽衣子が短い悲鳴を上げた。見ると、いつの間にか巡回するシスターたちが取り囲んでいた。

「こ、この人たちって、みんな、シスター九津見の仲間ですよね？」

「ええ。この学校のシスター連中は、みんな学園の裏側の人間です……そこを通してください。手荒な真似はしたくないんです」

シスターたちは応えず、忍び笑いを漏らした。幾人もの笑い声が重なって、ウワンウワ

ンと智哉たちの耳を震わせる。

智哉は手近の一人のみぞおちを狙った。だが、たやすく避けられ、逆に手首を拘束された。すぐに振りほどこうとしたのだが、その力は驚くほど強い。

「うっ……？」

（なんだこれは？　肉と骨が潰れてしまいそうだ）

細身の女性の力とは思えないほど、捕らわれた手首に圧が掛かっていく。

次の瞬間、智哉は宙を舞っていた。

「きゃあぁあああっ!?　智哉さん!!」

激しい衝撃とともに地面に倒れ込む。

智哉は突然のことで受け身も取れず、地面にまともに身体を打ち付けてしまった。

（バカな。僕は今、腕の力だけで、何メートルも放り投げられていた。細身の女性の力とは、到底思えない。どういうことだ？）

「げほっ……ごほっ……！」

「と、智哉さん！　きゃっ……いやっ……！　は、放してください！」

顔を上げると、シスターの一人が芽衣子を取り押さえていた。

「さ、シスター九津見のところへ帰りましょう？　きついお仕置きが待っているわよ？」

襟首を掴まれ、強引に引きずられていく。さして力も入れていないようだが、芽衣子がどんなに暴れてもびくともしない。

「め、芽衣子さん……！」

智哉が手を伸ばすが、他のシスターによって踏みつけられてしまった。

「あんたはここまでよ」

顔をのぞき込むシスターたちの顔が、なぜか同じに見える。真っ黒い空洞のような両目。口の端は異様に裂けて、赤い舌がゾロリと覗いている。

（化け物……？）

「いやぁあああーーーーー!!」

芽衣子が悲鳴を上げた。早く助けなければと智哉は起き上がるが……芽衣子を引きずっていたシスターが、突然驚いたように手を放して飛び退いた。

続いて、何かが焦げる匂いが鼻を突く。

「ぐあっ……？　あぁああっ……!?」

芽衣子を引きずっていたシスターが、燃えていた。

火の気などどこにもなかったのに、突然発火して燃え上がる。

「ギャァァアアァッ!!」

シスターはのたうち回り、焼けただれた皮膚からはビュービューと体液が噴き出た。

悪臭が周囲にたちこめる。

やがてシスターの身体が崩れ落ちる。倒れたというより、焼けたことでバラバラに砕けたという感じだ。

それを見ていた他のシスターは全員怯えて、蜘蛛の子を散らすように逃げていった。

「智哉さん……！」

芽衣子が駆け寄って智哉にしがみついた。

「大丈夫でしたか？　ケガは？」

「わ、私は大丈夫です。でも智哉さんが……」

手首から肘にかけて激しく痛む。骨が折れてしまったのかもしれない。地面に身体を打ち付けたときの背中の痛みもあった。

智哉は芽衣子の手を借りてゆっくりと立ち上がった。

燃えたシスターは地面に人型に焦げた跡を残しながら、まだくすぶっていた。

「どうして、急に燃えたのでしょうか」

「わかりません、彼女たちの顔も、おかしなことになっていた。とにかく急ぎましょう。この敷地から出ないと」

　エレベーターの昇降ボタンを押すと、途中で止まっていた箱が動き出す。だが、そのスピードは遅く、頂上に着くまでに再び止まってしまった。故障なのか分からない。

「脇の階段から行きましょう」

　コンクリートがむき出しの脇の階段は非常用で、普段から上り下りするものではない。そのため狭く急だった。直線距離にして三百メートルともなると、かなりの高度感だ。

　薄暗い常夜灯では下まで見通せず、月も細いので、まるで闇に向かって潜っていくようだった。

　ふと、先に降りていた芽衣子が足を止めた。

「どうしました？」

「何か、下から音が」

　智哉たちは耳を澄ませた。その音は階下の闇から聞こえてきた。

　ゴツ、コツ、ズル……コツ……ズル、コツ……。

　何かを引きずるような不規則な音は確実に上に向かっている。

「芽衣子さんのお姉さんではないですよね」

「え、ええ。門の前に車を止めて、そこで待っていると思うんですけど……」

階段は、半分ほど下ってきている。怪我をした身体で、急な階段を引き返しては、体力を消耗する。逃げずに、相手を叩きのめすべきだろうか？

それとも、上に位置していれば、こちらが手負いでも倒せるかもしれない。

智哉はどちらにするか迷っていたのだが、ふっと、常夜灯の冷たい光の中に、相手の影が浮かび上がった。

コツ、ゴツ、ゴツ、ズル……。

二人には、それが一瞬なんなのかは理解できなかった。

歪《いびつ》に膨れあがった頭部、黒く空洞の目、大きく開けた口からは鋭い牙のような歯が覗いている。身体は大きく捻れて、両手は異様に大きい。

人の形はしているが、人ではなかった。

闇の中から現れたそいつは、身体を不規則に左右に揺らしながらこちらへ向かってきている。

「なっ何、あれ……⁉」

「逃げたほうがよさそうですね」

智哉は先に降りていた芽衣子を引き上げて、階段を上るよう言った。

二人は息を切らせながら狭い階段を駆け上がる。折れた腕と背中が痛む。足がもつれそうになるのを這いつくばって、上階付近で止まっている箱を通り過ぎ、なんとか頂上にたどり着いた。

芽衣子が慌てて昇降ボタンを押す。すると今度はガタつきながらも箱が動いてくれた。重いモーターの音を立てて頂上に上がってくる。

智哉は、使うことはないと願いながら持ってきた包丁を懐から出して構える。周囲には久津見も、刑事の姿もない。

「はぁ、はぁ、はぁっ、早く、早く来て！」

エレベーターの箱はゆっくりと頂上に到着すると扉を開けた。滑り込むようにして二人が中へ入る。だが。

箱が大きく揺れると同時に、閉まりかけた扉から異形の手が飛び込んで来た。

「きゃあっ！」

芽衣子に掴みかかろうとする手を、智哉が折れていないほうの手で握った包丁を突き立てた。

ヴォアアアアアゥ……！

異形がうなり声を上げる。大きな手はエレベータの扉を無理矢理こじ開けて、上半身を飛び込ませてきた。

智哉は必死になってその身体に刃物を突き立てた。

ウォォオオオオオオ！

異形は呻いて、身体を引いた。扉が半分まで閉まって、箱も異形からわずかに上昇して停止する。

「はぁ、はぁ、はぁ……」

異形の攻撃がいったん止んだが箱の外にいる。うなり声を吐いて中の様子を窺っているようだ。

やがて異形は首を振って、何かを探すような仕草をする。空洞の目と口の間にある小さな二つの穴をひくつかせて、匂いを嗅いでいるようだ。

（もしかして、目は見えてないのか？　鼻で、嗅覚で僕たちの居所を探っているんだ）

「芽衣子さん、逃げて」

「はぁ、はぁ、智哉さんも、一緒に……！」

「ここでなんとか食い止めます。奴は、た

ぶん血の臭いを嗅いで追ってきているようです」

見ると、折れていないほうの手のひらがざっくりと裂けて血まみれだった。

智哉は加減なしに応戦したので、それなりに深手を負ってしまったようだ。手のひらから薬指が今にもちぎれそうなほど深く切れている。

「そ、そんな……！」

芽衣子はハンカチを取り出すと、裂けている手のひらを縛った。

「ありがとう」

「智哉さん……」

芽衣子は涙がこぼれるのを必死で耐える。智哉の怪我が心配だが、ここから脱出することが何より優先だ。

再び箱が揺れた。壊れた扉から異形の手が伸びてくる。

智哉は作動ボタンを連打した。ガクンと揺れて再び上昇し出す。

「行って」

「智哉さんも、絶対に来て……！」

「後から行きます」

「やっ約束、ですよ？」

「約束します」

芽衣子は大きく頷いた。伸びている異形の手の下をくぐり抜け、脇の階段を駆け下りていく。

やはり、異形は芽衣子のほうを追いかけずに、中の智哉に向かった。その巨体を無理矢理エレベーターの中に入り込ませ、侵入してくる。

智哉が刺した包丁の刺し傷はもう塞がってしまっているようだった。

(なんて奴だ。というかなんなんだ、こいつはいったい)

こんな化け物が学院にいたなんて、智哉には信じられなかった。包丁を振りかぶり、伸ばした手に突きさしていく。

キィッという金属を擦り合わせるような音を立て、異形が大きく口を開けた。

だが狭い箱の中は、相手にとってあまり有利ではないようだ。巨体を持て余すように腕を振り回しているため、どうにか避けることができた。

と、そこへ異形が振りかざした手が、箱の壁の一部を破壊した。智哉はすかさず停止ボタンを押す。

箱がガクンと揺れて、破壊された壁から異形が落ちた。

智哉は階下を示す作動ボタンを押す。

「動け……!」

一面壁が壊れた状態でまともに動くのかどうか分からない。だがここで動かなければ智哉は死ぬと思った。

記憶がある今まで、自分が死ぬという目に遭ったことはないが、特に生への執着はない。自分が何者か分からず、どこから来てなぜここにいるのかも分からないのだ。芽衣子よりも自分が空っぽなのだ。

死への恐れなど感じることもなかった。

だが今は違う。芽衣子との約束を果たしたい。

「動け！」

智哉は拳でボタンを叩いた。すると、箱が揺れて動いた。重いモーター音を響かせて降下した先には異形がいる。

ヴォオオオ……！

エレベーターの箱が、異形にぶつかる衝撃があり、その巨体にのしかかった。不気味な呻き声と重いモーター音が重なる。

何度か箱の床が、下から衝き上げるように叩かれたが、やがて静かになった。エレベーターも停止する。

これで化け物が死んだかどうか、確かめる余裕はない。智哉は箱を出て、階段を一目散に下っていった。

◆◆

芽衣子はようやく正門までたどり着いた。肩で息をして後ろを振り返る。

何度か異形の者の声と、エレベーターが壊れるような音が響いていた。

(神様、お願いします、智哉さんは無事にこの階段を降りてきますように……!)

すると車のクラクションが鳴った。

門の向こうにグレーのセダンが停まっている。姉の車である。

「お姉ちゃん……!」

芽衣子が門に手を掛けると、意外にもすんなりと開いた。鍵が掛かっていないことを一瞬不審に思うが、何より車にたどり着きたい。

「お姉ちゃん、待って! まだお友達が来てないの!」

「………」

姉は車を降りていた。運転席側に立っていてこちらをじっと見ている。

「連絡した智哉さんって人よ。上で変な化け物みたいなのに捕まってしまって……お姉ちゃん?」

姉の姿が不意に揺らいだ。芽衣子の腕を掴む。

「いっ……! お、お姉ちゃ……⁉」

車の外に立っていた人物は姉ではなく、シスターの一人だった。

「うそ、なんで……！」

芽衣子は両手を後ろ手に縛られて、ほとんど力任せに助手席に押し込められる。

運転席を見ると、姉がいた。今度は本物のようだが前をまっすぐ向いたまま、押し込められた芽衣子のほうには見向きもしない。

「お、お姉ちゃん！　お姉ちゃん、助けて！」

「このまま殺してやろうか？」

芽衣子の身体を押し込んでいたシスターの手が、首に掛かった。

「いっいやぁ！　やめて、いやぁあああああ！」

「っ！」

芽衣子が悲鳴を上げると、シスターに火が点いた。そして先ほどと同じように燃え上がっていく。

「ギャウアアアァッ！」

またしても出火元が分からないまま、シスターは黒焦げになっていった。

悪臭が鼻を突くが、姉の表情は変わらない。それどころかピクリとも動かない。

「い、いったいどうなってるの？　お姉ちゃん！　しっかりして、こっち見てよ！」

「やっぱりねぇ」

車の前に久津見が立っていた。

「し、シスター久津見……！」

「逃げてもいいわよ、芽衣子チャン。でもその代わりお姉ちゃんは死ぬけどね」

「っ⁉」

「はぁ～～～……でもやっぱこのままにしておけないかぁ。残念だけど、あんたのことやっぱり殺すわ」

「どっどうして……」

「本当に残念だけどねぇ。契約だって済んだのに。チッ……入るはずのカネが入らないっていうのは、腹立つもんだわ」

久津見はそう言うと芽衣子が押し込められた助手席のドアを閉めた。

「あんたは今から事故死するの。気の毒に巻き込まれたお姉ちゃんと一緒にね。本当はそんな面倒な小細工、したくないんだけど……私まで燃やされてしまったら、たまらないものね。クク……安全運転というやつよ」

「け、警察が……ひ、人がふたりも不審な死に方をしたら、警察が黙っていないはずです。そしたら……」

「フフフ。警察って、あんた、あの刑事たちに強姦されるところだったじゃない。はぁ、まったく。あいつらはこっち側の人間よ。味方なの。どんなに人が死んだって、全てなかったことにしてくれるわ」

「そんな……」

芽衣子はモジモジと身体を揺らすが、手は強く縛られていて解けそうにない。

「お姉ちゃん！　お姉ちゃん、お願い目を覚まして！」

「あー無駄よ、無駄」

久津見は今度は運転席側の外に立った。

「さて。校門まで上ってくる道で、一カ所、大きいカーブがあるわね。普段、外に出ることのない学生は特に意識もしないでしょうけど……あんたと、あんたのお姉ちゃんは、そのカーブを曲がりきれずに、壁に激突することになるの」

「うぅ……！」

「本当に、残念よ。そのみずみずしくて美味しそうな肉体が、明日にはどんなブスよりも醜い、腐りかけの死体になっちゃってるんだから。この先、いくらでも男から搾り取れたのにねぇ、もったいないわよねぇ」

芽衣子はそれでも久津見を睨んだ。

「あ、あなたは……あなたたちはいったい何者なんですか？　あの化け物は⁉」

「あら、今から姉妹水入らずの、楽しいドライブが始まるのに、そんなことが気になるの？」

久津見は運転席の窓から手を伸ばして、姉にハンドルを握らせた。

「じゃ、出発してもらおうかしら。お姉ちゃん」

姉は、感情のない声で「はい」と答えた。それはまるで何かに操られているかのようだった。

「ああっと、それから。今から楽しいドライブが始まるわけだけど、お姉ちゃんの邪魔はしないほうがいいわよ」

「え……」

「下手に邪魔をすると、また燃えて灰になってしまうかもしれない。さっきのシスターのように」

「ど、どうして、火が点くんですか？　わ、私？　私が……何か……！」

「じゃあねぇ、芽衣子チャン」

姉はキーを回すとアクセルを踏み込んだ。

グレーのセダンが急発進する。

「ま、待って、お姉ちゃん！　お願い、正気に戻って！」

「…………」

姉は答えないまま、まっすぐ前を向いた。どんなに芽衣子が声を上げても聞こえていないようだ。

芽衣子は姉を止めようと体当たりを試みるが、久津見の言葉を思い出す。

（もし、私がお姉ちゃんに触れて、邪魔をしたらお姉ちゃんは……）

先ほどの燃えたシスターの姿が頭を過ぎる。原因は分からないが自分が触れたり悲鳴を上げたりすると燃えるみたいだ。

「だから、どういうことなのよ、それって……うぅ！」

姉は隣に妹など乗っていることすら認識していないのか、前方の暗闇をただ見つめている。運転はスピードを上げたり落としたりを繰り返して蛇行する。

やはり何かに操られているみたいだ。

（ど、どうしよう……お姉ちゃんと私の間にブレーキのレバーはあるけれど、手を使えないと上手くできそうにない。でも体当たりしたら、お姉ちゃんは……）

すると、そのとき、開いたままの助手席の窓から人が飛び込んできた。それは血まみれの智哉だった。

「と、智哉さん……！」

智哉がブレーキレバーに飛びかかるが、その前に姉の手がそれを阻止した。

「邪魔をするな」

無機質な声で言う姉。智哉は、彼女が操られていることに気づいた。

姉は片手で智哉の両手をねじり上げ、反対の手ではなおもハンドルを動かす。

正直、こんなドライブテクニックは持っていないと芽衣子は思う。

それはいいが、どうすればこの車は停まるのか、智哉でもうまく停められないのなら、自分が体当たりするしかない。

だが智哉は言った。

「お姉さんも同じですね、燃えてしまう」

「やっぱり、シスターたちと同じ。どうしよう、お姉ちゃん、助からないの？」

「わかりません。ですが、学院から離れることで、もしかすると元に戻るかも知れない。芽衣子さんが触れても、大丈夫かもです」

「離れるっていっても……」

車は学院からは離れたが、まだ暗闇にそびえ建つ校舎が見える。

今思うことではなかったが、芽衣子は校舎を見て、まるで墓標みたいだと思った。

姉の手を遮る智哉が苦しそうに呻く。

先ほどの化け物との戦いで、指が切断寸前になっている。芽衣子は血まみれの手と、折れているほうの腕を見て泣きそうになった。

「と、智哉さん、智哉さんは逃げてください！　もう……無理です！」

「僕はそんなことはしたくないんですよ、芽衣子さん」

「でも……！」

「僕は今、やりたいと思っていることをやっているんです。記憶を失って初めてね」

智哉は優しく、そう言った。芽衣子は涙がこぼれた。

「あっ……」

車が直線に差し掛かる。しばらく走った後に、コンクリートで固められた法面《のりめん》と大きなカーブが出てくる。

「私が姉を止めます！」

「待って、それだけはやめておいたほうがいいです。燃えてしまう可能性があります」

「でももう！」

「僕も、たまにはがんばりますよ」

智哉はそう言って微笑んで見せた。

思えば、智哉が素直に笑った顔など見たことがなかった。芽衣子は涙でぐちゃぐちゃになりながら智哉の名を呼んだ。

智哉は渾身の力を込めて、姉を窓側に押し返した。智哉の手から鮮血が飛び散る。

ハンドルを取られ車体がガードレールに擦れる。姉は智哉に身体を押されながら、運転に気を取られた。

その隙を突いて、智哉は足を突っ込んでブレーキペダルを踏んだ。

「っ‼」

次の瞬間、車はスピンして法面下の盛土斜面に乗り上げた。

衝撃で、芽衣子は智哉とぶつかり、智哉はフロントガラスに身体ごと打ち付けた。姉はハンドルにたたき付けられた。

闇夜にクラクションが鳴り響く。

「……うっ」

芽衣子がゆっくりと顔を上げる。

車は、サイドミラーが飛んで車体横を擦って、横転しそうに傾きながら停車していた。

エピローグ　きっと会える

　智哉が言った通り、姉は目を覚ますと正気を取り戻していた。芽衣子が抱きついても燃えることもなかった。

　ガタピシと音を立ててセダンは走る。

「芽衣子、大丈夫？」

「お姉ちゃんこそ、大丈夫？」

「大丈夫だって。学院に着いてからの記憶が、ちょっとないけど……」

　姉は小首を傾げながら呟いた。何がどうなったのか、不明なようだ。

「あと身体中が痛い」

「それは、私も同じだよ」

　バックミラーを見る。もうどこからも学院の校舎は見えない。

　あの悪夢のような学院は今頃どうなっているだろう。何事もなかったかのように静まりかえっているのだろうか。

「あ、月が……」

「え、月？」

「ううん、月が出てきただけ。あの……さっき、智哉さんが月のことを気にしていたから」

芽衣子は割れたフロントガラスから外を覗くように、月を見た。

「その智哉って人、よかったの？」

「何が？」

「何がって、一緒に逃げる人だったんでしょう？」

「うん……」

智哉は、この車には乗っていなかった。

「え、残る？　残るって、どうしてですか？」

車から降りて気絶している姉の具合を見ていた芽衣子は、智哉の信じられない言葉に首を振った。

「どうしてですか？　一緒に逃げるって約束

したじゃないですか！　もう、姉は大丈夫なんですよね？　このまま、一緒に車に乗って……！」

「僕は、聖エミリア女学院のことを、知っているようで、何も知らなかったんです」

「え……？」

「大量の死体。化け物の存在。シスター連中もどうも普通の人間ではないらしい。僕は、この学校を、単なる売春組織の隠れ蓑だと思っていました。でもその実態は全く違う……極めて、危険な場所です」

「そ、そうですよ、だから……」

「そうであれば、愛美璃を一人残すことは、やはりできないと思ったんです」

芽衣子は愛美璃の存在を思い出した。一緒に逃げる話だったのに、今はどこにいるのか。

「愛美璃は後から僕を追うと言いました。そのときは、軽くうなずきましたが、今はそんな楽観的になれません。僕が消えれば、彼女もあの洞窟に捨てられることになる……そんな気がするんです」

二人の間に沈黙が流れる。

芽衣子は、やはり智哉は愛美璃のことが好きなのだと思うが、それを認めるほど、まだ大人ではない。レッスンとはいえ身体を重ね、愛し合った智哉である。

自分も愛美璃に負けないほど智哉のことは想っているつもりだった。

だが、智哉はそうではないようだ。つい、聞かなくていいことを聞いてしまう。

「智哉さんは、やっぱり、愛美璃さんのことが好きなんですか？」

智哉は困ったような笑みを浮かべた。

「それは、何度考えても分からないんです。でも、自分にとって、大切な人である……という感情だけがあって」

はっきりとしない答えは、芽衣子を複雑な心境にさせた。智哉は続ける。

「結局僕は、自分のこともよく分からなくて……以前、本でこんな話を読んだことがあります。外部がないと人は、自分を感じることさえできないと」

「外部……？」

「たとえば、重力。頭が上で足が下という当たり前の感覚も、重力がなかったら失われる。自分が自分であるということ。それはむしろ、外部が規定している、そんな話です。これまでの僕に『外部』なんてものはありませんでした。でもこれからは、もう少し、自分のことが分かるような……そんな気がします。あなたと、出会えたから」

芽衣子は、素直に喜んでいいのか分からなくなった。この人にとって結局自分は、どういう存在なんだろう？　と考えてしまう。

だけど、智哉の表情はどこか吹っ切れた、自分というものが少し見つかった、そんな良い顔をしていた。

きっと答えは出ない。答えが欲しいなら自分も智哉と一緒に、学院に戻らなければ。そうして側にいなければ。

だけど、逃亡した身が安全である保証はどこにもないので、それはできない。

芽衣子は複雑な気持ちを抱えたまま、ここで別れることを決意した。

「月が隠れてしまったようですね」

「え、月？」

「何故か月が気になるんです。今日は、二十六夜月のころでしょうか」

展望台まで逃げたときは明るく照らされていたが、今は雲に覆われて見えない。

芽衣子は智哉を見た。

「また会えますか」

「ええ、きっと」

「約束、してください」

智哉は芽衣子の目をまっすぐに見つめた。

「僕はまた必ず芽衣子さんと会います。約束します」

自然と二人は寄り添い、唇を重ねた。

地下室ではない、外の場所で。

キスをしながら、芽衣子の目に涙が浮かんだ。そっと唇が離れる。

「……せっかくキスをしてもらったのに、抱き寄せることもできなくて、ごめんなさい」

智哉の言葉に芽衣子は泣き笑いのような表情を浮かべた。

「智哉さんは優しすぎます」

「そんなことは初めて言われました」

――そうして、智哉は売春以上の『何か』が巣くう学院へと戻っていった。

芽衣子は助手席から夜空を見上げる。

「智哉さんって人、なんで引き返しちゃったの？　あんな異常な学院に……」

「異常だからこそ……かな」

「それってどういうこと？」

「大切な人が残っているからだって」

「え、だれ？」

「女の子」

「えー？　三角関係なの？」

「どうかな」

車が、夜明け前の道を走っていく。芽衣子は自分は逃げられたのだと、初めて安堵する。それと同時にやはり智哉が気になってしまう。

智哉だけではない。

愛美璃は？　あの死体は？　そして未だ学院にいる学生たちは？　何も知らないでいられるのだろうか。そうしてまた、出荷される少女が出てくるのだろうか。

「…………」

月が雲の切れ間から顔を出す。芽衣子は空っぽだった自分を振り返る。何も考えずただ流されて生きていただけの自分だ。

だが今は空っぽではない。少なくとも自分にとって、大切と思えるものが心の中にしっかりとあるからだ。

また会える。愛しい人との約束を胸に。

◆◆

智哉は教会堂の、自分の部屋にいた。

「お帰り」

血まみれでぼろぼろになって帰ってきた智哉を、愛美璃は優しく抱きしめて迎え入れた。

何があったのか聞かなくても、愛美璃には分かっているようだった。

部屋を見る。愛美璃は特に逃げる準備はしていなかった。服装も、いつもと同じ制服を着ている。荷物などはどこにもなかった。

「どうして……」

「芽衣子さんは？」

「彼女は、無事に逃げられたよ」

「そう、よかったぁ」

「愛美璃、どうして君は、逃げる準備を……」

「本当のこと言うとね、あなたは必ず戻ってくるって信じてた」

「……え？」

「だって」

窓から月が見える。

愛美璃は月を背に笑顔で言った。

「あなたが帰る場所は、私だから」

――僕はまだ、自分が何者かを知らない。

それを知るには、あとまだもう少しの時間と、そしてたぶん、出会いが必要なのだろう。

終わり

あとがき　望月ＪＥＴ

望月ＪＥＴです。

オカルト、好きですか⁉　ム〇、好きですか⁉

私はもう大好物です。

ほとんど見るだけで、タイトルとか出ている俳優とか監督名はあんまり覚えないんですが、オカルトもゾンビも、宇宙ネタも心霊ネタも殺人鬼も、なんでもござれです。

コロナ渦で最近行けてませんが、怪談トークイベントとかもーめっちゃ好きで行ってました。

ただ、見過ぎで人に話すときに内容がアレコレごっちゃになりがちですが。

ゲームのシナリオも、一度でいいからエロホラー企画を手がけてみたいのですが、未だ叶わず。ああ書いてみたい。

今作品は、そんな願いを少しだけ叶えてくれたステキな内容でした。

続き、気になりますよね？　私もです！

令和三年　十月